The Great Saint who was incarnated hides being a holy girl

Illustration chibi

あらすじ

伝説の大聖女であった前世と、聖女の力を隠しながら、
騎士として奮闘するフィーア。

しかしながら、隠そうとしても隠しきれない聖女の能力の片鱗や、
その言動により、騎士や騎士団長たちに影響を与え、
気付けば彼らはフィーアのもとに集まってくるのであった。

セルリアンに「『大聖女の薔薇』を選び取ってほしい」と懇願された
フィーアはそれを承諾し、薔薇に魔力を注ぎながら日々を過ごす。

ある日ロイドに呼び出されたフィーアは、プリシラとともに
王城勤めの聖女たちに会いに行くことになり……。

筆頭聖女であり、サヴィスとセルリアンの母でもある
イアサント王太后が王都を訪れ、王族同士でのお茶会が開かれることになるが、
サヴィスの希望により「お守《まも》り」としてフィーアも参加することに。
険悪な空気の中、セルリアンが放った爆弾発言によりフィーアは——。

転生した大聖女は、聖女であることをひた隠す 10

十夜
Illustration chibi

ナーヴ王国黒竜騎士団

総長 サヴィス・ナーヴ

	騎士団長	副団長	団員
第一騎士団（王族警護）	シリル・サザランド		フィーア・ルード、ファビアン・ワイナー
第二騎士団（王城警備）	デズモンド・ローナン		
第三魔導騎士団（魔導士集団）	イーノック		
第四魔物騎士団（魔物使い集団）	クェンティン・アガター	ギディオン・オークス	
第五騎士団（王都警備）	クラリッサ・アバネシー		
第六騎士団（魔物討伐、王都付近）	ザカリー・タウンゼント	ガイ	
第七騎士団（魔物討伐、北方）			
第八騎士団（魔物討伐、東方）			
第九騎士団（魔物討伐、南方）			
第十騎士団（魔物討伐、西方）			
第十一騎士団（国境警備、北端）	ガイ・オズバーン		オリア・ルード
第十二騎士団（国境警備、東端）			
第十三騎士団（国境警備、南端）	カーティス・バニスター	コーディ	
第十四騎士団（国境警備、西端）		ドルフ・ルード	
第十五騎士団（国境警備）			
第十六騎士団（国境警備）			
第十七騎士団（国境警備）			
第十八騎士団（国境警備）			
第十九騎士団（国境警備）			
第二十騎士団（国境警備）			

ナーヴ王国王城関係図

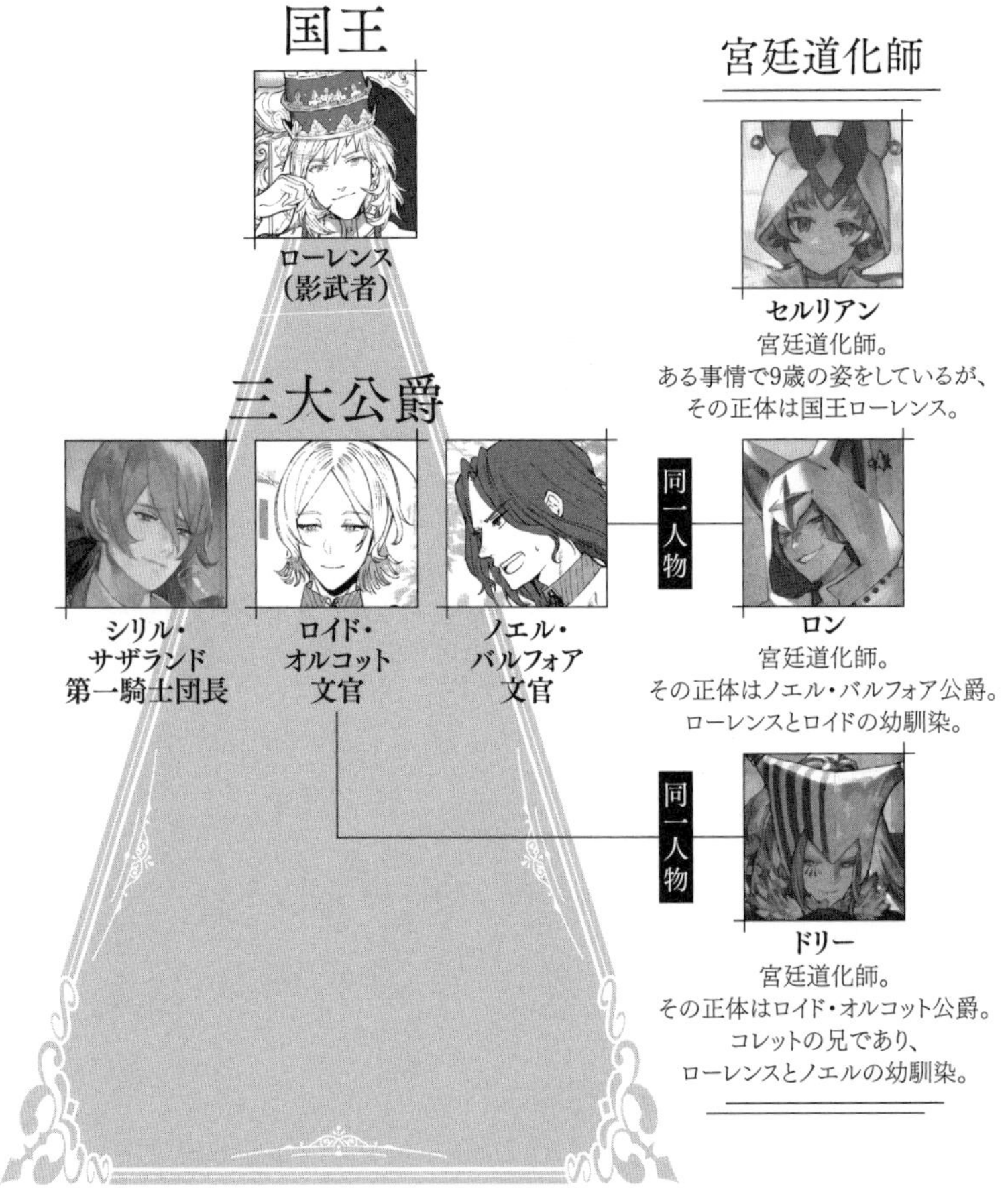
国王
ローレンス
（影武者）
三大公爵
シリル・
サザランド
第一騎士団長
ロイド・
オルコット
文官
ノエル・
バルフォア
文官
宮廷道化師
セルリアン
宮廷道化師。
ある事情で9歳の姿をしているが、
その正体は国王ローレンス。
同一人物
ロン
宮廷道化師。
その正体はノエル・バルフォア公爵。
ローレンスとロイドの幼馴染。
同一人物
ドリー
宮廷道化師。
その正体はロイド・オルコット公爵。
コレットの兄であり、
ローレンスとノエルの幼馴染。

騎士団表
（300年前）

ナーヴ王国騎士団

騎士団総長	ウェズン
第二騎士団長（王城警備）	ハダル・ボノーニ
第三魔導騎士団長（魔導士集団）	ツィー・ブランド
第五騎士団長（王都警備）	アルナイル・カランドラ
第六騎士団長（魔物討伐、王都付近）	エルナト・カファロ

赤盾近衛騎士団

団長	シリウス・ユリシーズ
団員	シェアト・ノールズ
護衛騎士	カノープス・ブラジェイ

ナーヴ王国王家家系図
（300年前）

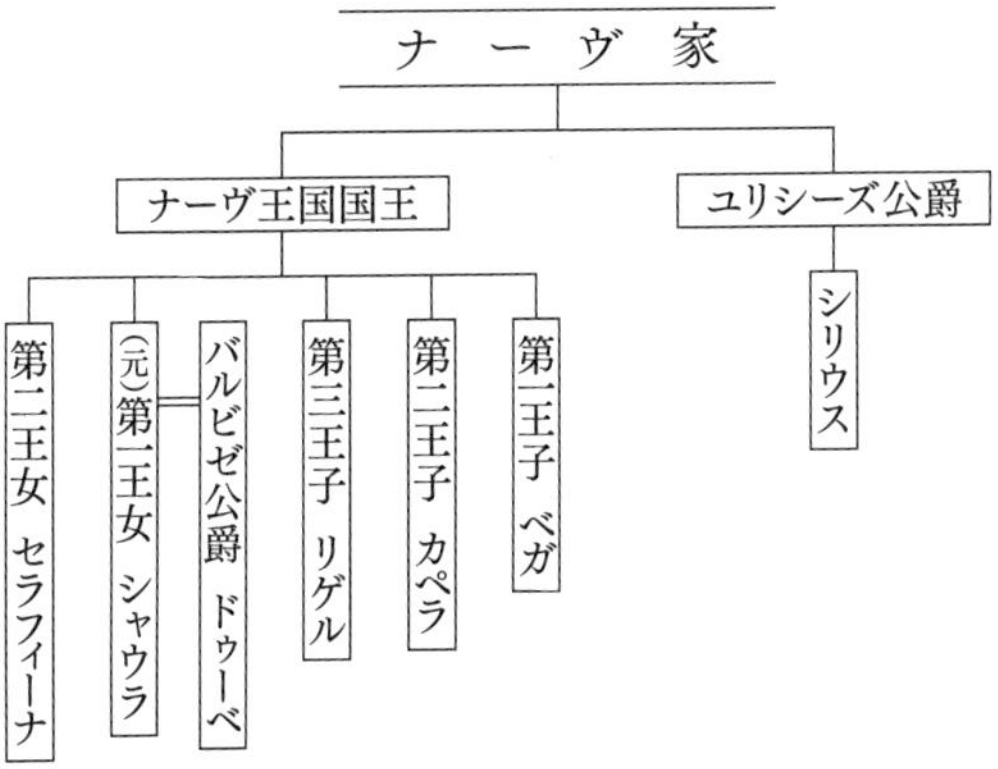

登場人物紹介

フィーア・ルード

ルード騎士家の末子。
前世は王女で大聖女。
聖女の力を隠して騎士になるが…。

ザビリア

フィーアの従魔。
世界で一頭の黒竜。
大陸における
三大魔獣の一角。

サヴィス・ナーヴ

ナーヴ王国
黒竜騎士団総長。
王弟で
王位継承権第一位。

シリル・サザランド

第一騎士団長。
筆頭公爵家の当主で
王位継承権第二位。
「王国の竜」の二つ名を
持つ。剣の腕は騎士団一。

デズモンド・ローナン

第二騎士団長
兼憲兵司令官。
伯爵家当主。
「王国の虎」の二つ名がある。
皮肉屋のハードワーカー。

イーノック

第三魔導騎士団長。
寡黙だが、
魔法に関する話題では
饒舌になる。

クェンティン・アガター

第四魔物騎士団長。
相対する者の
エネルギーが見える。
フィーアとザビリアを
崇拝している。

クラリッサ・アバネシー

第五騎士団長。
王都の警備を総括する、
華やかな雰囲気の
女性騎士団長。

ザカリー・タウンゼント

第六騎士団長。
部下からの人気は絶大。
男気があって、
面倒見がよい。

カーティス・バニスター

第十三騎士団長で
ありながら、職位は
そのままに第一騎士団の
業務を遂行中。
前世は"青騎士"カノープス。

ファビアン・ワイナー

フィーアの同僚騎士。
侯爵家嫡子の
爽やか美青年。

シャーロット

フィーアが友人になった
幼い聖女。

プリシラ

ロイドの養女であり、
優秀な聖女でもある
気の強い少女。

コレット

ロイドの妹で、
ローレンスの婚約者だった
心優しい聖女。現在は
ある理由により
深い眠りについている。

イアサント

王太后。
現在の筆頭聖女であり、
ローレンスと
サヴィスの母親。

―――― ３　０　０　年　前 ――――

セラフィーナ・ナーヴ

フィーアの前世。
ナーヴ王国の第二王女。
世界で唯一の"大聖女"。

シリウス・ユリシーズ

300年前に王国最強と
言われていた騎士。
近衛騎士団長を務める、
銀髪白銀眼の美丈夫。

アルテアガ帝国
300年前
帝国
王国
290年前（カストル大帝国時代）
帝国
王国

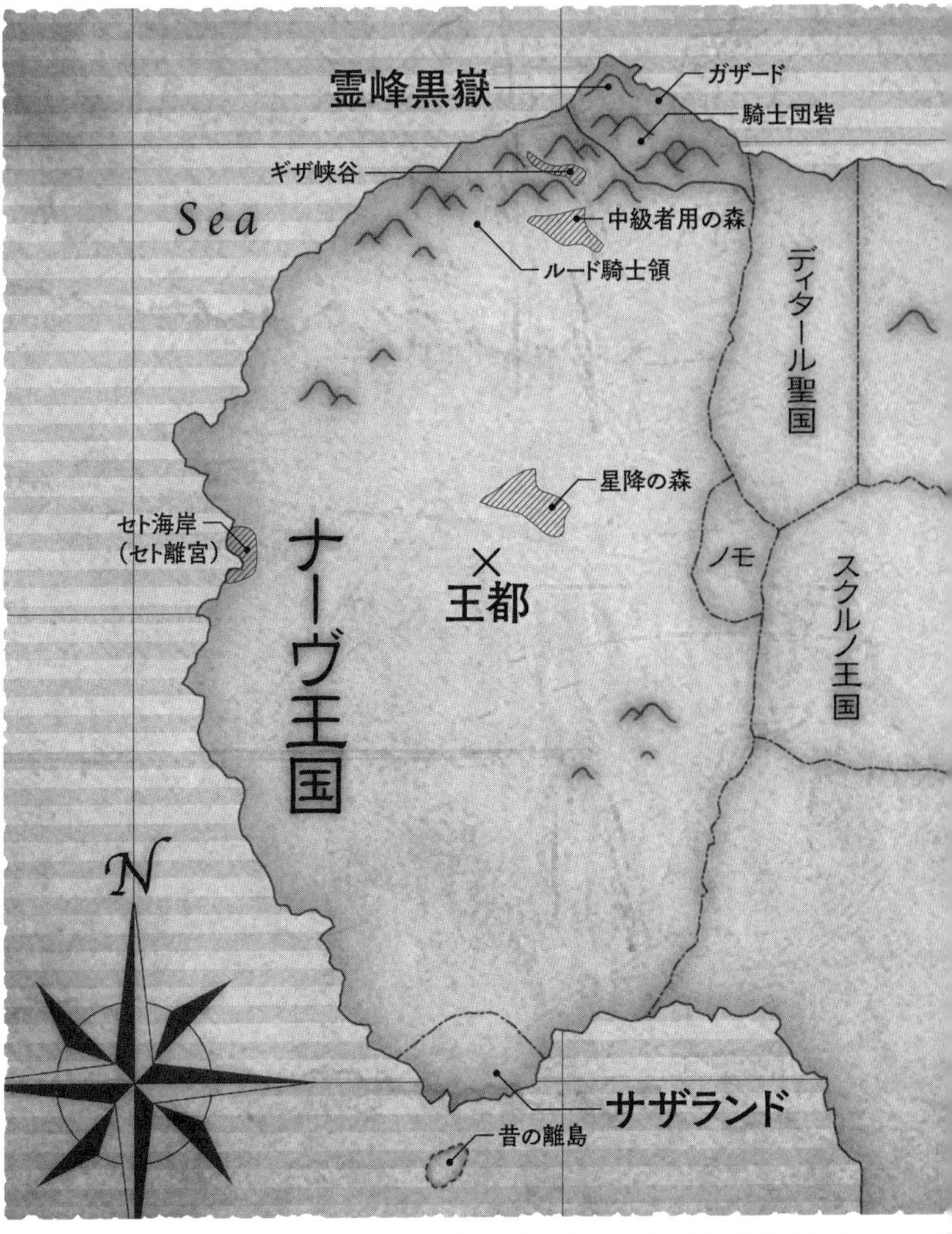

霊峰黒嶽
ガザード
騎士団砦
ギザ峡谷
Sea
中級者用の森
ルード騎士領
ディタール聖国
星降の森
セト海岸
（セト離宮）
ナーヴ王国
王都
ノモ
スクルノ王国
N
サザランド
昔の離島

CONTENTS

60 王太后のお茶会3 …… 016
【SIDE】ローレンス …… 034
61 選定会前相談 …… 068
62 選定会参加準備 …… 098
63 筆頭聖女選定会 …… 115
64 筆頭聖女選定会 第一次審査 …… 147
65 10年前1 …… 213
66 筆頭聖女選定会 第一次審査(時間外) …… 218
【挿話】騎士団長たちは赤髪の聖女の正体を推測する …… 234
【SIDE アナ】世界は恐ろしく広かった …… 244

【ＳＩＤＥ クェンティン】
黒竜王様の角でとっておきの剣を作る …… 252
セラフィーナ、
シリウスの弱点を突き止める？（３００年前） …… 271
あとがき …… 293

The Great Saint who was
incarnated hides being a holy girl

60　王太后のお茶会3

「私が筆頭聖女の選定会に出るんですか？」

セルリアンの発言に驚いた私は、一体どういうことかしらと思わず聞き返した。

えっ、いつの間にか、私が聖女だとバレてしまったのかしら。

そう心配になったけれど、会話の中にそんなくだりは一切なかったはずだ。

突然の話の流れに、全く状況を把握できずに固まっていると、王太后が探るように私を凝視してきた。

「面白くもない冗談ね。その子は聖女ではなく騎士でしょう」

その言葉を聞いて、あ、よかった、どうやら聖女であることがバレたわけではないようねと胸を撫《な》で下ろす。

一方のセルリアンは、尊大な様子で腕を組んだ。

「ふん、何をもって聖女だと定義するのさ！　僕が聖女の力を借りたいと心から願ったのは、人生で一度きりだ。しかし、その場にいたあんたは、その力を使うことなくコレットを見殺しにした。

必要な場面で力を使いもしないのならば、力がないのと同じことだ。そんな者は聖女でも何でもない!!」

セルリアンの主張を聞いた王太后は、出来の悪い子を前にしたような表情を浮かべる。

「それは『あなたにとって』の必要な場面でしょう」

それから、言い聞かせるかのように一言一言をゆっくりと口にした。

「聖女には聖女の都合と考えがあるのよ。いつだって相手の望み通りにできるものではないわ。それに、たとえ相手の望みに反した行動を取ったとしても、特別な御力《みちから》を持った者は全て聖女だわ」

セルリアンは我慢ならないとばかりにだんと足を踏み鳴らす。

「ああ、なるほど、あんたは聖女に全ての決定権があると言うんだな！　だけど、聖女が必ずしも最善の選択ができるとは言い切れないはずだ！　コレットを見殺しにしたことは正しかったと言えるのか!?」

必死な様子で言い返すセルリアンを前に、王太后は唇を歪めた。

「ローレンス、あなたはあなたの視点でしか物事を見てないわ。私の立場に立って考えようともしないから、私の考えを理解できるはずもない。それに、与えられた力をどう使うか決めるのは、その力を持っている者の特権よ」

王太后はセルリアンをひたりと見つめると、諭すように続ける。

「そもそもコレット自身が聖女だったじゃない。それも、あなたの言葉を借りるならば、『未来の王妃で、いずれ筆頭聖女になる者』だった。そうであれば、その力のほどを皆《みんな》に知らしめる必要があったはずよ。だから、彼女は自分で治癒すべきだった。それすらもできない者が、王の妃《きさき》になれるはずがないわ」

この発言には、セルリアンも反論する言葉を持たなかったようだ。

言い負かされた形になったセルリアンは、悔し気に顔を歪めると俯《うつむ》く。

王太后はその様子をしばらく眺めた後、サヴィス総長に視線を向けた。

「ローレンスは突拍子もない冗談を言い出すわね。けれど、聖女でない者が選定会に参加するなんてありえない話だわ。もしもそんなことが起こったならば、後世まで語り継がれる恥ずべき出来事になるはずよ」

呆《あき》れた様子で首を振る王太后に対し、それまで沈黙を守っていたサヴィス総長が口を開く。

「冗談ではないと思いますよ。そして、兄上は前言を撤回されていないので、オレの部下であるフィーア・ルードが選定会に参加する件は生きています」

王太后は訝《いぶか》し気に眉を上げた。

「サヴィス、冗談は止《や》めてちょうだい。まさかあなたまでもがローレンスの悪ふざけに付き合おうというわけではないわよね?」

サヴィス総長は王太后の言葉に真っ向から反論する。

「あなたは少しも兄上を尊重していませんが、この国の王は兄上です。そして、王の言葉に従うのがオレの務めです」

驚いたように目を見開く王太后に対して、総長は言葉を続けた。

「そもそもオレにとって聖女は難解過ぎる。何をもって聖女と呼ぶのか未《いま》だに理解できていないので、兄上がオレの騎士を聖女だと断じるのならば、それを受け入れるまでです」

「馬鹿げたことを言うものではないわ！　筆頭聖女の選定会はお遊びではないのよ！　聖女でない者を参加させて、権威ある選定会を貶《おとし》めることなどあってはならないの!!」

王太后にとって、聖女の立場や権威を守ることは何よりも重要なのだろう。

そのため、ここにきて初めて、王太后は感情をあらわにした。

けれど、対峙《たいじ》するサヴィス総長は穏やかな態度ながらも、一歩も引く様子を見せない。

「王太后の言う通りです。筆頭聖女の選定会は遊びではないし、権威ある会です。責任ある者が、責任をもって選定するのであれば、その公平性は確実に守られるでしょう」

サヴィス総長が最後の一言を口にした途端、王太后がぴたりと口を閉じた。

そのためふと、以前シリル団長が『私の母は最も力が強い聖女だったようですが、当時の国王と年齢が釣り合わなかったために、次席聖女の地位に甘んじなければならなかったのです』と言っていたことを思い出す。

婉曲《えんきょく》過ぎてよく分からなかったけれど、サヴィス総長は王太后が筆頭聖女に選定された当時のことを皮肉ったのかもしれない。

その疑念は、普段壁役に徹しているシリル団長が、護衛の任を超えて口を開いたことでさらに大きくなった。

「選定会の決定に誤りがあるとは、誰一人思いもしませんよ。私の母は次席聖女でしたが、それでも十分強力な聖女でしたから、力が強い順に聖女が選定されたはずです。私たちが住んでいたサザランドは王都から離れていましたが、それでも王都から頻繁に母の力を借りたいと、人々が訪れるほどでしたからね」

それは明らかに、王都に住んでいる王太后を始めとした聖女たちの力が劣っていたがために、サザランドくんだりまで人々が訪れたのだと、暗に示した言葉だった。

そのため、どうして聖女を敬っているシリル団長までが、聖女のトップにこれほど皮肉たっぷりの態度を取るのかしらとびっくりする。

確かについ先ほど、シリル団長はセルリアンとサヴィス総長が聖女に嫌悪感を抱くことを理解していると言っていたけれど、それにしても普段の団長の態度と異なり過ぎている。

セルリアンもこれまでになく険しい態度を見せていたし、王太后と過去に何かあったのだろうか。

「なぜ国王陛下が私の部下を筆頭聖女の選定会に参加させようとしているのか、私ごときには分かりませんが、フィーアの髪は滅多にないほど赤いでしょう？　まるで伝説の大聖女様を彷彿《ほうふつ》とさせる鮮やかな髪だと、私は常々思っていたのです」

そんなはずはない。

サザランド訪問を別にすると、日々の業務の中で、シリル団長が私の髪に着目したことはないのだから、絶対に口から出まかせに決まっている。

というか、勝手に話が進んでいるけど、そもそも私は聖女でなく騎士（という設定になっているの）だ。

「シリル団長、私は騎士ですよ」

隣に立つシリル団長に小声で囁《ささや》くと、分かっていると頷《うなず》かれる。

「承知しています。これは駆け引きの話なのです。あなたには大変申し訳ありませんが、少しだけ話を合わせてもらうことはできますか？」

まあ、サザランドで私が大聖女の生まれ変わりの振りをすることになった時は、心配して悩んでいたのに、同じような状況の今回は、全く悩む様子を見せないわよ。

何てことかしら、清廉《せいれん》なシリル団長が悪だくみに慣れてしまったようだわ！

こうやって人は大人になっていくのねと残念に思っていると、ノックの音がして侍女が1人の女性を案内してきた。

「あっ、すみません。お約束の時間より早く来てしまったようですね。あの、私は廊下で待っていますから」

私たちを見てぎょっとしたように目を見開いたのは、先日、ペイズ伯爵に頼まれて治癒した聖女のエステルだった。

◇　◇　◇

緊迫した雰囲気を壊すかのように響いた優しい声音に、私はほっと体の力を抜いた。

この場の誰もがとげとげしい態度を取っていたため、いたたまれない気持ちになっていたからだ。

王太后も雰囲気を変えるべきだと考えたようで、表情を一変させると、穏やかな笑みを浮かべて扉口を見つめたけれど……そこに立つペイズ伯爵とエステルを見ると目を見開く。

王太后はエステルの頭のてっぺんから足のつま先まで素早く視線を走らせた後、気を取り直すかのように咳払《せきばら》いをした。

「もうそんな時間なのね」

王太后は取って付けたようにつぶやくと、2人に入ってくるよう手招きする。

「王城で出た怪我人を治癒していたら、それ以降の約束が後ろにズレてしまったの。あなた方へ時間変更の連絡をするのが間に合わなかったようね。元々約束した通りの時間だから、入ってちょうだい」

王太后の言葉を聞いたエステルは、申し訳なさそうな表情を浮かべた。

「申し訳ございません。お客様がいるかどうかを確認してから入室すべきでした」

「いいえ、それより驚いたわ。エステル、あなたを招待してはいたものの、とても体調が悪いと聞いていたから、ペイズ伯爵が1人で訪ねてくると思っていたの」

どうやら王太后は、エステルの体調が悪かったことを聞き及んでいたようだ。

ということは、先ほど目を見張っていたのは、元気になった姿を見て驚いたからだろうか。

王太后は興味深げに、エステルの全身を見回した。

「エステル、すっかりよくなったようだけど、自分で治癒したの？」

「それは……」

一方のエステルは、困った様子で言葉に詰まる。

王太后とエステルが話を始めたのを見て取ったセルリアンとサヴィス総長は、おもむろにソファから立ち上がった。

「客人のようなので、オレたちはこれで失礼します」

サヴィス総長の言葉を聞いたエステルは恐縮した様子を見せたけれど、『違うからね』と心の中でエステルに言う。

この2人が王太后の私室を退出するのは、エステルに遠慮したからでなく、エステルの登場を逆手に取って、これ幸いと退出する言い訳にしているだけなのだ。

いつか機会があったらそのことを伝えよう、と考えながらサヴィス総長に続いて退出しようとしたところ、エステルが嬉しそうな声を上げた。

「フィーア様！」

「はいっ」

突然、名前を呼ばれたため、反射的に返事をする。

先日、エステルと会った時はなんちゃって聖女に扮装《ふんそう》していたので、今のきりりとした騎士姿とは似ても似つかないはずだ。

そのため、気付かれないと思ったのだけれど、どうやらエステルは洞察力があるようだ。

友好的な表情で見つめられたので、笑顔を返したくなったけれど、今の私は護衛任務中なのだ。

何よりエステルの治療をしたことがシリル団長にバレると面倒なので、誤魔化《ごまか》してしまおうと曖昧《あいまい》な表情を浮かべる。

けれど、知らない振りをしてほしいという私の気持ちはエステルに届かなかったようで、彼女はぱっと嬉しそうな笑みを見せた。

「まあ、筆頭聖女とお会いになるなんて、やっぱりフィーア様は王家が秘していた強力な聖女だったんですね！　私の病気を治してくださったお手並みの鮮やかさから、とびっきりの聖女だと分かっていましたわ!!」

「ああ！」

そうだった。エステルはどういうわけか、私が王家に囲い込まれた聖女だと誤解していたのだった。

あの場にいたセルリアンとドリーは、私がエステルを治療できたのは聖石のおかげだと信じたのに、エステル本人は聖石についての知識がなかったため、私を聖女だと思い込んでしまったのだ。

うーん、でも私がそんな存在じゃないことは、セルリアンとサヴィス総長、シリル団長は知っているし、どうせ聖石を使ったと思っているだろうから、あえて否定しない方が穏便《おんびん》に済みそうよね。

違う、違わない、のやり取りをする方が注目を集めそうだもの。

そう考え、はいともいいえとも取れる曖昧な表情を浮かべていたところ、半眼になったシリル団長が目に入った。

団長の表情には、『私の知らないところで、また何かやらかしたのですか』という疑問が浮かんでおり、さらには『きっと何かやらかしていて、それは大変なことに違いない』と勝手に結論まで出されている様子だったので……見なかったことにする。

「エステル、この者は聖女なの？」

沈黙が続く中、王太后がエステルに質問した。

「えっ、ええ……と、あれ、どうなんでしょう」

王太后の質問を受けたエステルは、先ほどまでのはっきりした口調はどこへやら、突然しどろもどろになる。

私がこの場にいたことで、私は王家が認める強力な聖女だと一旦は考えたものの、王太后から私が聖女かどうかを質問されたため、エステルは現状がよく分からなくなったのだろう。

そして、エステルは義理堅そうなので、私が聖女であることを皆が知らないのであれば、私と約束した通り隠し通そうと考えたに違いない。

「新たに聖女となった者は全員、私のところに顔を見せに来るのだけれど、この娘の顔は知らないわ」

そうきっぱりと言い切る王太后に、すかさずシリル団長が感心したように言う。

「いくら聖女様の数が限られているとはいえ、出会った聖女様たちの中にフィーアがいないと断言できるとは素晴らしい記憶力ですね。もちろんフィーアほど鮮やかな赤い髪をした聖女様は1人もいませんので、この赤い髪をもとに面識がないと判断したのでしょうが」

にこやかなシリル団長の言葉に棘《とげ》を感じるのは、私だけではないだろう。

先ほどから、やたらと私の髪色を強調しているけれど、それも何らかの考えがあってのことなのだろうか。

そう思って黙っていると、王太后はエステルの後ろに立つペイズ伯爵に視線を向けた。

「ペイズ伯爵、この者は聖女なのかしら？」

煮え切らない態度のエステルを前に、王太后は質問相手を変えたようだ。

けれど、エステルと同様、私が聖女であることを他言しないと約束した伯爵は、あわあわと慌てる様子を見せただけで、はっきりと返事をしなかった。

そのため、王太后は不満げに目を細める。

そんな王太后に対し、セルリアンがこれまでの態度を一変させ、馬鹿丁寧な言葉遣いで茶々を入れた――恐らく、セルリアンが何者かを知らないペイズ伯爵とエステルの手前、貴族の子弟の振りをしたのだろうけれど、いくばくかは王太后を馬鹿にする意図が交じっていたに違いない。

「王太后陛下、あなた様が手元に置かれている聖女様を筆頭聖女にしたいとお考えのように、国王陛下もご自身が推薦される聖女様がそうなることを希望しておられます。そのため、権力を使用したこれ以上の情報収集はお控えください。図らずも、『王家が秘していた強力な聖女』との情報を摑《つか》まれたのですから、十分ではないでしょうか？」

　まあ、セルリアンったら、私がなんちゃって聖女だって知っているくせに、何というはったりをかますのかしら。

　でも、この行為にも何か深い考えがあるのよねと希望的観測を抱いたけれど、ぎりりと奥歯を嚙《か》み締めた王太后を見て、セルリアンはしてやったりという顔をしていたので、ああ、何も考えていない子どもだわと頭を抱える。

　それなのに、セルリアンはちっとも懲《こ》りていない様子で、さらに何事かを言ってやろうとばかりに口を開いたため、思わず彼にしか通じないであろうルーア語で注意した。

〈セルリアン、いたずらが過ぎるわよ！〉

　すると、彼は一瞬、虚を衝《つ》かれたような表情を浮かべたけれど、すぐににまりとする。

　その表情に危機感を覚えていると、セルリアンは困ったように私を見た。完全に演技だろうけど。

「フィーア、古代の言葉を使うものじゃない。それは君の聖女としての切り札なんだから」

わざとらしく私の耳元に口を近付けて、聞こえるか聞こえないかギリギリのところの聞こえる音量で話をしてくるセルリアンは、一体何がしたいのだろう。

私はあくまで騎士なのだから、騎士がルーア語を使えることと、聖女の能力は何の関係もないだろうに。

じろりとセルリアンを睨《にら》みつけていると、なぜだか総長に肩を抱かれる。

「フィーア、もう十分だ。それでは、失礼します」

サヴィス総長は後半の言葉を王太后に掛けると、私の肩を抱いたまま退出した。

そんな私たちを見て王太后やローズ聖女、ペイズ伯爵とエステルがどう考えたかは正確には分からないけれど――――少なくとも、私は何も問題がない一般の騎士には見えなかっただろう。

そのことを理解し、私は内心でがくりと項垂《うなだ》れたのだった。

◇　◇　◇

王太后のお茶会から退出した後、私はそのままサヴィス総長の執務室に連れていかれた。

総長本人はもちろん、セルリアン、シリル団長、カーティス団長も一緒だ。

執務室の中は私たち5人だけにされ、人払いをされた騎士たちが扉をきっちりと閉めて出ていく。

シリル団長、私、カーティス団長の3人が並んで長椅子に座り、向かい合う形でサヴィス総長と

セルリアンが座った。

まあ、何かよくない告白大会が行われるのかしらと用心していると、セルリアンが頭を下げて、開口一番謝罪してきた。

「フィーア、ごめん！　サヴィスが君をお守《まも》りとして連れていったのは分かっていたのに、結果として王太后除《よ》けの盾にしてしまった」

あっ、よかった、今のセルリアンは冷静だわ。

どうやら頭に上った血は下がったようね、と安心しながら頷く。

「セルリアンは頭に血が上っていたみたいね。さっきのあなたは王太后を叩きのめすことしか考えていないようだったわ」

私の言葉を聞いたセルリアンは、恥ずかしそうに頬《ほお》を染めた。

「非常に的確だな。僕の中には常日頃から、王太后に対する嫌悪感が溜《た》まりに溜まっているから、稀《まれ》に顔を合わせた時に、それらが一気に噴出するみたいだ。とはいっても、非常に子どもっぽい行為だと自覚しているから、こうやって冷静になるたびに、『恥ずかしい真似《まね》をした』と反省するんだけどね」

セルリアンが怒る気持ちは、何となく理解できた。

彼は恋人だったコレットをとても大事に思っていて、その気持ちは自分の命を削ってまで救おうとするほど深い。

けれど、先ほどの話によると、王太后はコレットを救えるかもしれない場面に居合わせたにもかかわらず、聖女として魔法を行使しなかったようだから、セルリアンはそのことを許しがたく思っているのだ。

もしかしたら王太后にはコレットに手を差し伸べられない事情があったのかもしれないし、一目見てコレットを救えないと判断し、筆頭聖女の体面を守るためにあえて動かなかったのかもしれない。

けれど、いずれにしても『コレットを救える可能性があったのならば、筆頭聖女として尽力すべきだった』とセルリアンが考えるのは仕方がないことだろう。

ただ、……聖女の立場から言わせてもらうと、目の前で怪我人や病人を救えなかった王太后も辛《つら》い思いをしたのじゃないだろうか。

そう考える私の前で、セルリアンがぎゅっと両手を握り合わせた。

「フィーア、ここまで巻き込んだこと自体が大変なことだから、さらにお願い事ができるような立場でないことは分かっているが……よかったら、10年前に起こったことを聞いてもらえないかな」

「えっ」

私はびっくりしてセルリアンを見つめる。

そんな私の視線の先で、セルリアンは意を決した表情を浮かべたけれど、みるみる顔色を失っていった。

どうやら10年前の出来事を思い浮かべるだけで、負荷がかかっている様子だ。

「セルリアン、無理して話をする必要はないのよ」

セルリアンの表情を窺《うかが》いながらそう言うと、彼は顔を歪める。

「僕が聞いてほしいんだ。ただ、10年も経ったのに未だに感情が整理できていないから、理路整然と説明するのは難しいかもしれない」

「そうなのね。だったら、あなたの代わりにサヴィス総長かシリル団長に話をしてもらうのはどうかしら？」

代替案を示したけれど、セルリアンは首を横に振った。

「ここにいる者の中で、10年前の場面に居合わせたのは僕だけだ」

「そうなのね」

明らかに重要そうな話だけど、私が聞いてもいいのかしら、と心配になってサヴィス総長に視線をやると、真顔で見返される。

「フィーア、お前に負担がないのであれば、セルリアンの話を聞いてやってくれ」

「えっ、はい、負担はありません」

私がそう返すと、セルリアンは視線を上げ、何かを思い出すかのように眉間《みけん》にしわを寄せた。

それから、誰にともなくぽつりとつぶやく。

「10年前のあの日、王太后は瀕死《ひんし》のコレットに手を差し伸べなかった。けれど、今思えばあれは、王太后に与えられた『選択の機会』だった。僕の母親として生きるのか、誰もが焦がれる聖女として生きるのかを選択するための。結果として……王太后は筆頭聖女であることを選んだんだ」

もしかしたらセルリアンとサヴィス総長が聖女を嫌っている理由は、『王太后が母親であることよりも聖女であることを選んだために、寂しさを覚えた』からなのかしら。

確かにセルリアンは恋人のために命を削るくらいだから、感情を大事にするところがあって、母親を恋い慕う気持ちも過去にはあったのかもしれないけれど……サヴィス総長は親子の情も含めて、感情に流されるようには見えないのよね。

それとも、実際はものすごく愛情深いのかしら。

うーん、うーんと解けない疑問が頭の中に浮かび始める。

そんな私の前で、セルリアンはごくりと唾を飲み込むと、考え込むかのように握り締めた両手を額に当てた。

それから、10年前について話を始めたのだった。

【SIDE】ローレンス

これは僕が道化師になる前、ローレンスと呼ばれていた頃の話だ。

国王を父に、筆頭聖女を母に持ち、王家の第一子として生まれた僕は、非常に恵まれていたと言えるだろう。

さらに、僕には2歳年下の弟がおり、兄弟仲も悪くなかった。

父は国王として忙しくしており、なかなか一緒にはいられなかったが、代わりに母が時間を見つけては側《そば》にいてくれた。

母にも筆頭聖女という立場があったため、聖女としての用がある時は必ずそちらを優先させたが、それは仕方がないことだと理解していた。

しかしながら、そんな生活が許されたのは物心がつくまでだ。

僕は生まれた時から次期国王になることが定められていたため、3歳になると同時に帝王学がスタートし、家族と過ごす時間がどんどん減っていったからだ。

一方、僕に何かあった時のスペアであるサヴィスは、それなりの学習は課せられていたものの、比較的自由が許されていたため、これまで通り母と一緒に多くの時間を過ごしていた。

そのことは子ども心にも羨《うらや》ましく感じられ、当時の僕の口癖は『サヴィスはいいな』だった。

もちろん本気ではなく、軽口の一種だったが、ある時、王城に遊びに来ていたシリルが同じように「殿下はいいですね」と口にした。

ただし、その発言は僕と同じような冗談交じりのものではなく、非常に重いものだった。

「ローレンス殿下にはサヴィス殿下がいていいですね。私もずっと弟がほしかったのですが、『公爵家ごときにスペアは不要だ』と母に叱責《しっせき》されました」

従弟《いとこ》であるシリルはそう言うと、しょんぼりとした様子で俯《うつむ》いた。

サザランド公爵夫人は感情的になりやすいと聞いてはいたが、よもや実の息子にそのような酷《ひど》い言葉を投げつけるとは思ってもいなかった。

詳しく話を聞いてみると、聖女が王家に連なる者に嫁いだ場合、決して女児が生まれないことから、『何一つ私から引き継げていない』と非難されたと言う。

「痛いところを突いてくるな」

僕は顔を歪めると、それだけ言った。

サザランド公爵夫人の言葉は正鵠《せいこく》を射ていた。

『お前たち一族は、聖女を使い捨てている』

――――聖女を粗雑に扱っているつもりは毛頭ないが、公爵夫人の発言通り、王家に嫁いだ聖女は女児を産まず、次代に聖女の特質を何一つ引き継ぐことができていなかった。

そのため、聖女から『使い捨てられた』と非難された場合、我々王族は反論の言葉を持たないのだ。

サザランド公爵夫人と言えば、僕の母の妹にあたる人物だ。

そして、筆頭聖女の選定会が実施された当時、最も力が強かった聖女だったと聞いている。

しかしながら、王の妃となるには年齢が若過ぎたため、年齢が釣り合う母が『王妃になる者』として箔《はく》付けのために筆頭聖女に選ばれたのだと。

聖女は聖女であることに高いプライドを持つ。

そのため、最も力が強い聖女でありながら、次席の立場に甘んじなければならなかった悔しさは理解できるものの、実の息子にその怒りを向ける態度は間違っていると思われた。

「シリル、だったら君は王城に来て、サヴィスと一緒に遊んだらどうだ。最近の僕は勉強漬けで、サヴィスと一緒にいる時間がろくに取れないから、代わりに君が兄弟気分を味わえばいい。とはいっても、君とサヴィスは同い年だから、兄と弟という感じにはならないかもしれないが」

僕の言葉に嬉しそうに頷いたシリルが、年齢相応の表情をしていたため、僕は内心で安堵《あんど》のため息をつく。

それから、僕がこれまで接したことがある気位の高い聖女たちを思い浮かべた。

程度の差はあるものの、シリルの母の態度は特別ではないのかもしれない。

基本的に聖女たちは己が選ばれた存在だと考え、いつだって何よりも誰よりも己を優先させるのだから。

恐らく、僕の母が特別なのだろう。

サザランド公爵夫人のように、『王族は聖女を使い捨てている。スペアなど不要だ』と拒絶してもよかっただろうに、第二子であるサヴィスを産んで慈しんでいるのだから。

そんな風に、その頃の僕は母の慈愛の深さを疑わず、自分は何と幸せな家に生まれてきたのだろうと心から信じていた。


そんな僕には、幼い頃からずっと心惹《こころひ》かれる相手がいた。

幼馴染《おさななじみ》であるロイド・オルコットの妹のコレットだ。

当時、帝王学を修める毎日に嫌気が差していた僕は、ことあるごとに王城を抜け出してはオルコット公爵家に遊びに行っていた。

そこで出会った3歳年下の、正直で感情豊かで、僕のことが大好きな少女――――それがコレットだった。

彼女は公爵令嬢であるにもかかわらず、『ローレンス様に食べさせたいから』と料理をし、『ローレンス様に身に着けてほしいから』と服を編む。

そんなコレットが9歳の頃、見るからに怪しい肉料理を持ってきたことがあった。

「ローレンス様〜、差し入れを作ってきました！　男子が大好きな、お肉もりもりスープですよ」

「ありがとう、コレット。早速食べてもいいかな？　よく見ると斬新《ざんしん》な色をした肉だな、緑や紫の肉って……これは一体何を使ったんだ？」

「騎士たちが狩ってきてくれたバジリスクとヘルバイパーです」

「そうか、トカゲと蛇か。肉は肉だが、四足獣の肉がよかったな。いや、すまない。せっかく料理を作ってきてくれたのに、苦情を言うなんて失礼極まりなかった。何というかこう、毒々しい色を見て怖気《おじけ》づいているようだ。……知っているか、ヘルバイパーは毒持ちだ。コレット、念のために腹痛に効く薬を用意してくれ」

　そして、料理を食べた僕は2日間寝込んだが、おかげでいくばくかの毒耐性を身に付けることができた。

「さすがコレットだ。王族はいつだって、毒殺されるリスクを負っている。そんな僕に毒耐性を与えてくれるなんて」

　彼女が気にしないよう、そう言って彼女の行為を労《ねぎら》ったが、気に病んだ彼女は王城の薄暗い地下《ちか》牢《ろう》に自ら入ってしまった。

「私はローレンス様に大変なことをしてしまいました。だから、ここで反省します」

　コレットは思い込みが激しいところがあるものの、基本的に単純で騙《だま》されやすいので、牢から出すこと自体はちょっとした小芝居をするだけで簡単に済んだ。

そのため、地下牢から出た彼女をさり気なく暖かい部屋に案内したのだが、内心では、公爵令嬢が貴族牢ではなく、藁《わら》が敷き詰められた薄暗い地下牢に入るなんて無茶をすると呆《あき》れていた。

ソファに座って俯く彼女を見ると、髪の毛にたくさん藁をくっつけ、泣きはらした顔でべそをかいている。

そんな姿も世界で一番可愛らしいと思うのだから、僕はよっぽど彼女が好きなのだなと諦めの気持ちが湧いてきた。

ああ、コレットがいてくれたら、僕の世界はいつだって幸せだろう……。

――そう強く願った祈りが届いたのか。

コレットは10歳の時、聖女検査で聖女に認定された。

3歳の検査では聖女だと判明せず、10歳の検査で初めて認定されたことから、力が強い聖女ではないと予想されたが、そんなことはどうでもよかった。

王族の枷《かせ》は『聖女と結婚すること』だけだ。

そのため、彼女が聖女だと分かった途端、僕はその場に跪《ひざまず》くと彼女に求婚した。

「コレット・オルコット公爵令嬢、どうかこのローレンス・ナーヴの妃になってください」

「はい！　なります、なりたいです、ならせてください!!　私は絶対にローレンス様を幸せにしますから!!」

そう答えると、コレットはぱあっと花が咲くように笑った。

コレットはいつだって、僕が望む以上の言葉と幸せをくれる。

彼女が生まれた時からずっと見てきたから、コレットが誰よりも正直で、思いやりがあることを知っている。

そんなコレットはいつだって、感情を隠すことなく全力で好意を示してくれるから、――様々な思惑を抱き、企《たくら》みを謀《はか》る貴族たちの中で、何があっても裏切らないと信じられるのは彼女だけだった。

だから、彼女と結婚すれば、僕は幸せになれると思ったけれど、そのためには1つだけ障害があった。

『王族としての決まりごと』は聖女と結婚することだけだというのに、王家の第一子として生まれてきたがために、さらなる制約があったのだ。

つまり、次期国王になることが決定していたため、筆頭聖女との結婚が義務付けられていたのだ。

そのため、コレットが筆頭聖女に選定されるまでは、彼女が僕の妃になることは未確定事項とされたが、当時の僕は楽観的なことに、大きな問題とは考えていなかった。

そもそも現在の筆頭聖女である僕の母も、実力は第2位だったものの、『王の妃になる者』だから筆頭聖女に選ばれたのだ。

そうであれば、僕がコレット以外とは結婚しないとの立場を明らかにしておけば、彼女が筆頭聖女に選ばれることは間違いないと、信じて疑わなかったからだ。

少なくともその時まで、王太子である僕が心から望んだことが叶《かな》えられなかったことは、一度もなかった。

そのため、僕が望みさえすれば何だって叶えられるものだと、その時の僕は信じていたのだ。

◇　◇　◇

コレットが聖女だと判明してすぐに、母に彼女を紹介した。

「母上、オルコット公爵家のコレットです。彼女は僕の妃になります」

突然の紹介だったため、母は驚いた様子を見せたが、すぐに気を取り直したように姿勢を正すと、コレットの青銀色の髪を見つめた。

「オルコット公爵家に聖女がいる話は聞いたことがないわ」

「コレットは聖女に認定されたばかりなんです。後日、改めて筆頭聖女である母上のもとに、教会の者とご挨拶にうかがうでしょう」

「そう。ということは、10歳の聖女検査で認定されたのね」

母は確認するかのように、そう口にした。

『力の強い聖女ではないのだろうな』と考えていることは分かったが、僕は彼女を妃にすると決めたのだ。

ただし、母にとっては寝耳に水の話のため、呑み込むための時間が必要だろうと判断し、僕はそれ以上何も言うことなく母の部屋を後にした。

それから3か月後、僕は母に呼ばれた。

母はテーブルの上に置いてあった数枚の書類を手に取ると、僕に向かって差し出してきた。

「ローレンス、教会から提出されたコレットに関する報告書よ。彼女の魔力は平均にも満たないらしいから、筆頭聖女に選ばれることはないでしょう。妃にするのは別の聖女になさい」

コレットの魔力が低いことは、初めから予想していたことだ。

そのため、僕は真剣な表情で母を見つめると頭を下げた。

「母上、僕は彼女以外とは結婚しません！　どうかコレットを筆頭聖女に選定してください」

母は書類をテーブルに戻すと、膝の上で両手を組んだ。

「それはコレット次第だわ。実力がある者が正しく選ばれるのが選定会だから」

その言葉を聞いた僕は、ここが頼みどころだと考えて必死に言い募った。

「前回の選定会において、サザランド公爵夫人の方が母上より強力な聖女だったと聞きました！　しかし、実際に筆頭聖女に選ばれたのは母上でした！　つまり、選定会とは『王にとって正しい聖女』が選ばれるものなのでしょう？」

僕がそう言い放った瞬間、母はこれまで見たこともないほど険しい表情を浮かべると、硬い声を出した。

「ローレンス、王になる者がそんな愚かな妄想を口にするのは止めなさい！　14年前も今も、最も力が強い聖女は私よ！　だからこそ、選定会で筆頭聖女に選ばれたの。一切の不正も不公平もなかったわ」

母の口調はこれまでになく強いもので、その迫力に一瞬気圧《けお》されたものの、ここで引き下がるわけにはいかないと、もう一度反論する。

「しかし、公爵夫人は若過ぎて父上の妃にはなれませんでした！　だからこそ……」

「そうだとしても、そのことと選定会の結果には何の関係もないわ！　あの子は私よりも力が劣っていた！　だから、次席聖女になった。それだけのことだわ!!」

「そ……」

それは違うはずだ。

慣習的に、王は筆頭聖女を妃にしてきた。

だからこそ、選定委員が忖度《そんたく》して、王と結婚できる年齢の者を筆頭聖女に選んだはずだ。

そう思ったけれど、母の表情は見たこともないほど強張《こわば》っていて、絶対に自分の主張を曲げないであろうことが見て取れた。

そのため、コレットを筆頭聖女に選定するよう、この場でさらに頼み込むことは諦めたものの、理解してほしくて心の裡《うち》を言葉にした。

「母上、王は孤独です。そのため、正しくその地位にあり続けるためには、信じられる誰かが側にいることが必要です。僕にとって、その相手はコレットなのです。何があっても彼女だけは僕を裏切らないと信じられるのですから。どうか僕が正しい王となれるよう、コレットを僕の隣にいさせてください!!」

母は返事をしなかったため、僕はもう一度頭を下げると、母の部屋を退出した。

それから、3年が経過した。

母はこれまでと変わらぬ態度で僕に接するものの、コレットとの婚姻については頑《かたく》なに拒否し続けた。

『王は筆頭聖女と婚姻を結ぶし、選定会で選ばれる筆頭聖女は当代一能力の高い聖女だ』

その一点張りだったのだ。

……手詰まりだな。

打開策を見出せない僕は、城内に設置されたベンチに座り、深いため息をつく。

それから、見るともなしに庭を眺めていると、木の間からぴょこりと青銀色が覗《のぞ》いた。

コレットの髪だと瞬時に気付き、自然と顔に笑みが浮かぶ。

同時に、明るい声が響いた。

「ローレンス様〜、セーターを編んだんです!　男子が大好きな、黒とグレーのもこもこふわふわセーターですよ」

「やあ、コレット、よく来てくれたね。嬉しいな、それは僕のためのセーターなのかな?」

コレットから黒とグレーのもこもこふわふわを受け取り、広げて体に当ててみる。

すると、明らかに左右の袖の長さが異なっていたため、この不出来具合は間違いなくコレットが作ったものだと理解する。

「このセーターはコレットの手編みなのだな。すごいじゃないか。非常に嬉しいが、今は夏だ。もう少し涼しくなったら使わせてもらうよ」

「でも、もう秋が始まろうとしているから、朝晩は肌寒くなってきましたよ。だから、ちょっとでも寒さを感じたら着てくださいね。……ローレンス様は最近、ずっと寒そうな表情をされていますから」

おずおずと付け足された最後の一言を聞いてはっとする。

ここ最近の僕は、母がコレットを受け入れてくれないことに悩んでおり、考え込むことがしばしばあった。

恐らく、その姿をコレットに見られ、心配されているのだろう。

そして、コレットはシンプルな考え方をするから、体が温かければおのずと心も温かくなると信じているのだ。

その気持ちが嬉しかったため、まだ残暑厳しい日だったにもかかわらず、僕はその場でセーターを着た。

「うん、ありがとう、コレット。何だか心の中がぽかぽかと温かくなってきて、穏やかな気持ちだ」

　そう言うと、コレットは嬉しそうにふわりと微笑んだ。

　それから、両手を胸元に持ってくると、それぞれのこぶしをぎゅっと握り締める。

「ローレンス様の怪我や病気を治したいから、私は全力で聖女の訓練を頑張ります！」

「そうか、ありがとう」

　コレットの意気込みがおかしく、その気持ちが嬉しかったため、笑顔で礼を言うと、彼女はつと地面に視線を落とした。

「けど、それでも1番にはなれないかもしれません。でも、ローレンス様の一番近くにずっといる筆頭聖女は、一番優れている聖女がなるべきです。だって、何かあった時にローレンス様を救ってくれるのはその方だから、弱い聖女がなったら大変だもの」

「コレット？」

　珍しく彼女の言いたいことが分からず名前を呼ぶ。

　すると、コレットは顔を上げ、にこりと微笑んだ。

「ローレンス様、私はどんな形でもローレンス様の側にいられれば幸せです」

「僕は違う！　僕はコレットが妃になってくれないと幸せにはなれない!!」

　遅まきながら、コレットに振られようとしていることに気付いたため、僕は慌てて言い募った。

「コレット、僕が心を許せるのは君だけだ！　君以外の聖女に側にいてほしいとは、絶対に思わない!!」

しかし、コレットの困ったような表情を見て、僕はこれまで思い違いをしていたのかもしれないと初めて思い至る。

聖女であることが判明して以来、コレットはほぼ毎日教会に通っている。

基本的に未婚の聖女は教会で暮らすが、貴族の家に生まれた聖女は自宅から教会に通うスタイルが一般的だからだ。

そのため、通常の聖女と比べると時間的に少し短いかもしれないが、教会で1日の大半を過ごしていることは間違いない。

コレットは教会で毎日のように、聖女に関する教えを受けているが、そのことにより、聖女として力が強いことが王妃であることの絶対条件だと、いつの間にか考えるようになったのだろうか。

――王族や貴族は多くの特権を享受《きょうじゅ》している。

そして、コレットは最上位の貴族である公爵家の令嬢であり、王となる僕が妃に望んでいる者でもある。

そのため、聖女としての能力の高低にかかわらず、コレットを筆頭聖女に選定することは難しいことではないと考えていたが……実際には厳しいのかもしれない。

未だ夏の日差しが厳しい王城の庭で、僕は寒くもないのにぶるりと震えた。

自分が立ち向かおうとしているものの正体が突然分からなくなり、空恐ろしい気持ちを覚えたからだ。

その時初めて、――聖女という集団は、王侯貴族とは全く異なる考えや権威で成り立っているのかもしれないと僕は気付いたのだ。

◇　◇　◇

『聖女』とは、人々を魔法で治癒することができる特別な御力を与えられた者を指す言葉だ。

聖女の力は人々を救うことができる貴重なものだから、大事にされ、次代に継承することが最重要とされた。

そのため、貴族は聖女の力を色濃く持つ女性と婚姻を重ねることで、聖女の力を保ってきた。

なぜなら聖女の力は、魔力以上に次代に継承されることが分かっていたからだ。

聖女が産んだ娘は高確率で聖女になるため、貴族はこぞって聖女と婚姻を結びたがった。

だからこそ、貴族出身の聖女であれば、高位貴族の婚姻相手となることは確約されているようなものだった。

そんな中、コレットは聖女として公爵家に生まれたのだ。

次期国王の妃として、これ以上の相手はいないだろう、と考えていたのだが……

「兄上、聖女には聖女のルールがあります。彼女たちは家柄も年齢も一切気にしません。唯一重要視するのは、聖女としての能力です」

「そうか。王侯貴族とは異なる独自のルールが、聖女たちの中では適用されているのだな」

久しぶりに弟に会い、悩みを相談したところ、非常に冷静に答えを返されたため、いつの間にサヴィスはこれほど立派になっていたのだと驚きを覚える。

頼もしくなったなと思いながら、今後の方針を相談すると、サヴィスは考える様子で腕を組んだ。

「そうですね、一定以上の怪我や病気になると、聖女が1人で治癒することは難しいため、たとえ筆頭聖女といえど、1人だけで魔法を発動することはほとんどありません。ですから、力の弱い聖女を筆頭聖女にしたいのであれば、その者をフォローできるよう、筆頭聖女の側に能力の高い聖女を数名配置すればいいのではないでしょうか」

「素晴らしい考えだな！」

サヴィスはすごいな。僕が何日も悩んでいた問題に、5秒で解決策を見出したぞ。

「あるいは、『王は筆頭聖女と婚姻する』というルールを変更することです。実際のところ、兄上に必要なのは『聖女との婚姻』のみです。それにもかかわらず、結婚相手を筆頭聖女に特定しているのは王の権威付けのためですから、こだわる必要はありません」

さらに、続けて2つ目の解決策まで出してきた。

やっぱりサヴィスは出来がいいな。

「ありがとう、サヴィス！　初めの案であれば、母上に頼めば何とかなるかもしれない。後の案であれば、大臣たちに相談すれば実施可能だろう」

そう弾んだ声でサヴィスに返答したものの、試してみた結果、どちらも実行することは難しかった。

力の強い聖女を周りに配置することで、筆頭聖女となったコレットをフォローするという案については、母が激しく反対して聞く耳を持たなかったからだ。

筆頭聖女はあくまで最も実力がある者が選ばれるべきだ、と主張して譲らなかったのだ。

そうであれば、もう1つの案である『王の婚姻相手が筆頭聖女に限定されるルール』を変更しようとしたけれど、そちらも母に反対された。

「これは教会と聖女を権威付けるためのものでもあるの。筆頭聖女たる者が王と婚姻を結び、この国で最も高貴な女性になることで、聖女全体の価値が高まるのだから」

……ああ、なるほど。

奇跡の力と言われる聖女の能力を次世代に引き継ぐため、貴族は聖女と婚姻を結ぶが、高位の聖女は自らの価値を高めるために王族と婚姻を結ぶのか。

王族に嫁いだ場合、聖女としての力を次世代に何も残せないと、分かっていながら。

では、僕はどうすればいいのだろう。

コレット以外を妃にするつもりはないのに、コレットを妃にする道を探せないとしたら。

多くの学習の機会を得たことで、僕も以前よりは視野が広まった。

そのため、母の考えが完全に間違っているとはもはや思わない。

母は筆頭聖女として聖女全体のことを考え、聖女という存在に高い価値を付加しようとしているのだから。

しかし、一方では、母自身が『誰よりも力が強く、価値がある筆頭聖女』であることに固執していることも分かってきた。

だからこそ、サザランド公爵夫人が自分よりも力が強い聖女だと決して認めないのだ。

王妃として『この国で最も高貴な女性』であることに誇りを持っており、次代の筆頭聖女にも同じ道を歩ませようとしている。

多分、力の弱い聖女であるコレットが筆頭聖女になったならば、母の面目が潰されるのだ。

なぜコレット程度の聖女が筆頭聖女に選ばれたのだと、筆頭聖女選定会の正当性が疑問視され、遡《さかのぼ》って母の筆頭聖女としての能力も疑われるだろうから。

そして、経験を積み重ねることで分かってくる。

これまでの母が常に穏やかで、何だって僕の望みを叶えてくれたのは、優しかったことだけが理由ではなく、興味がない事柄のためどうでもよかったからなのだと。

聖女に関すること以外、母は一切興味がなかったのだ。

◇　◇　◇

元々、母は平民だった。

しかし、聖女としての類《たぐい》まれな能力を見出され、妹であるサザランド公爵夫人とともにペイズ伯爵家の養女となり、貴族として王に嫁いだという経緯がある。

そのため、母の生活をドラスティックに変え、生き方を変えたのは、『聖女である』という事実ただ1つで――――だからこそ、母は優れた聖女であることに固執した。

優れた聖女であることが母を救い、これからの母を守り、多くの国民たちから憧憬《しょうけい》と尊敬を集める手段になることを、誰よりもよく理解していたからだ。

そんな母とコレットは相容《あいい》れないようだった。

コレットには聖女として尊敬されたい、高い地位に就きたいという望みはなく、ただ僕の怪我や病気を治したいがために優秀な聖女になりたいと願うような女性だったからだ。

そのため、母のように強い上昇志向は持っておらず、その志を継ぐ聖女には決してなり得なかった。

だからこそ――――元々のコレットの聖女の能力の低さも相まって、母は決してコレットを認めることはなく、次代の筆頭聖女には不適と判断した。

当然のことだが、僕だってただ手をこまねいていたわけではなく、コレットが筆頭聖女となれるよう、各方面に働きかけを行っていた。

しかし、途中からそれどころではなくなった。

コレットが15歳で成人した頃から、目に見えて体調を崩すようになったからだ。

健康的だった肌色が青白くなり、苦しそうに胸元を押さえながら俯く回数がどんどん増えてきた。

コレットは元々、『きつい』とか『苦しい』とか口にすることは滅多にない。

その代わり、黙ったままギリギリまで耐えようとして、耐え切れずに突然倒れてしまうのだ。

そんな彼女は、王城に遊びに来ていた時、僕の目の前でばたりと倒れた。

僕は仰天し、王城住まいの聖女と医師にコレットを診せたが、彼女に悪いところは見つからなかった。

怪我であれば、出血するので治療箇所は一目瞭然《いちもくりょうぜん》だ。

しかしながら、病気の場合は治療箇所の特定が難しく、多くの場合はどこが悪いのかが分からない。

そのため、聖女たちは患者の体全体に回復魔法をかけるのだが、聖女たちがコレットにどれだけ魔法をかけても、回復の兆《きざ》しが見られなかった。

そして、敏感なタイプの聖女たちは、コレットに回復魔法をかけても手応えがないと口を揃《そろ》えた。

そのため、コレットの不調は病気ではなく、体調的なものだろうと判断された。

けれど、……コレットの不調はどんどん悪化していくように見えた。

思い返してみると、彼女の体調不良が顕著になったのは最近ではあるものの、そもそもの始まりは、聖女になった時期に重なっているように思われる。

そうであれば、もしかして僕の隣に立つために無理をしたのかもしれないと心配になった。

そのため、コレットに直接尋ねてみたが、本人も体調不良の原因を理解していないようで、首を傾《かし》げるだけだった。


――――そんなコレットが16歳の時、事件が起きた。

その頃の彼女は月の半分ほど体調不良に陥り、床に伏す生活を送っていた。

けれど、その日は珍しく気分がいい様子だったので、お忍びで僕と街に出掛けていた。

コレットに町娘の服を着せ、平民服を着用した僕と手をつないで街を回る。

コレットは公爵令嬢であるものの、平民と交じることを気にしなかったし、物珍しいことや陽気なものが好きだったため、それらを街中で目にすることで、少しでも元気になってほしかったのだ。

「まあ、あのロウソクの炎は緑色をしています！　不思議ですね。もしかしたら葉っぱで作ったロウソクかもしれません」

「それはとっても幻想的な考えだが、ちょっと混ぜ物がしてあって、緑に見えるようにしてあるだけだろうな」

僕が常識的なつまらない答えを返しても、コレットは笑いながら次の楽しみを探す。

「えっ、あ、青いひよこがいます！　幸運のひよこですって!!　あのひよこを手に入れたら、私が焼くクッキーは絶対に焦げなくなると思います」

「公爵家の子弟は皆、同じような思考を持つものなのか。僕の知っている公爵家令息も同じようにキラキラとした目で青いひよこを求めていたぞ。……あの時の彼は5歳だったが」

その時、会話の流れでシリルのことを思い出し、胸がつきりと痛んだけれど、平静さを装って何でもない振りをした。

なぜならわずか2週間前に、シリルは相次いで両親を亡くしたからだ。

にもかかわらず、彼はこの1か月間、サヴィスとともに隣国に滞在しているため、両親の葬儀に出席することも、墓前に手を合わせることもできないでいた。

僕のところに回ってくる報告書から読み取れる情報は、しょせん血肉が通わない文字の羅列に過ぎないが、それでもサザランドの悲惨さがこれでもかと伝わってきた。

聖女として高いプライドを持つサザランド公爵夫人と、何としても聖女を守ろうとするサザランド公爵、それから住民たちが最悪の形で衝突したということを。

シリルは普段から、父親に対しては従うべき上官のように、母親に対しては敬うべき上位の聖女のように、敬意と礼節をもって接していた。

しかし、一方では生まれた時から同じ家で暮らしてきた家族であることを意識しており、その根底には家族愛があったはずだ。

そのため、両親を同時に失った悲しみは深いものだろう。

シリルの心情に思いを馳《は》せ、痛ましい気持ちになっていると、人ごみの中によく見知った青銀色の髪が見えた。

そのため、何事だろうと思いながらつぶやく。

「コレット、君の兄上が僕たちを捜しに来たようだぞ」

僕の声にコレットが顔を上げるのと同時に、コレットの兄であるロイド・オルコット公爵が目の前に現れた。

◇　◇　◇

「セルリアン、急いで城に戻るぞ。君の弟君御一行様が本日中に戻ってくる、との連絡が入ったからな」

セルリアンというのは、僕のお忍び用の名前だ。

変装している僕の正体を周りの者に気付かせないため、市井に降りる時はいつだって偽名を使っているのだ。

「そうか、当初の予定通り1か月で戻ってくるとは上手《うま》くいったようだな。さすがサヴィスだ」

そう言うと、僕はコレットに向き直った。

「コレット、悪いが外出はここで切り上げて、王城に戻ってもいいだろうか。あまり君を疲れさせてもいけないし……っっ！」

しかし、コレットに向き直る際に勢いよく体を反転させ過ぎたようで、二の腕を壁にぶつけてしまう。

思わず顔をしかめると、コレットが首を傾げた。

「セルリアン様、怪我をしているんですか？」

「えっ、いや……」

コレットが僕をじっと見つめてきたので、慌ててぶつけた腕を背中に隠したが、その動きを怪しまれてしまう。

失敗したな。普段の僕は少しばかり壁に体をぶつけたからといって呻《うめ》き声は上げないし、怪しまれたからといって腕を隠しもしない。

慌てたために、挙動不審になってしまったようだ。

コレットがじっと見つめたままでいるので、観念して腕を差し出すと、袖をまくり上げられた。

すると、剣術の訓練中に痛めた、腫れた二の腕が現れる。

「いや、見た目は酷いが、実際の怪我はそうでもなく……」

「セルリアン様、私は聖女なんです。治してもいいですか？」

「……お願いします」

コレットが聖女の力を使うたびに、彼女の体調が悪くなっていくように思われたため、できれば治癒してほしくないのだが、そうすると彼女が聖女であることまで否定していると捉《とら》えられるかもしれない。

そう考えて、請われるまま腕を差し出す。

「コレット、剣術の訓練は打たれて痛みを覚えることまでがワンセットなんだ。『これくらいの攻撃を受けたら、これくらいの怪我をする』という感覚を知ることは大事だからな。だから、あまり治され過ぎない方がいいというか……」

往生際悪く、コレットが使用する魔力が少なくて済むように言葉を差し挟んだが、彼女は聞いていない様子で僕の怪我に両手をかざすと、回復の呪文を唱えた。

すると、少しずつではあるものの、腫れていた部分の赤味が引いていき、ズキズキとした痛みが弱まってくる。

そして、数分後には、僕の腕はわずかに赤味が残るものの、それ以外は全て元通りとなった。

「ありがとう、コレット！　君はすごいよ」

聖女であるコレットは、彼女の体内にある魔力だけを使用して、僕の怪我を治したのだ。

やはりコレットはすごいなと思って、称賛の眼差《まなざ》しを向けると、彼女は嬉しそうにふにゃりと微笑んだ。

「セルリアン様の怪我が治ってよかったです」

コレットの顔に浮かんだ笑みはいつも通りのものだったが、その顔色が紙のように白くなっていることに気付く。

「コレット?」

訝しく思って名前を呼ぶと、彼女の額から汗がだらりと流れてきた。

「えっ!」

気付いた時には既に遅く、彼女は立っていられないとばかりに大きくよろける。

そのため、大きく手を広げて抱き留めると、彼女は僕の腕の中で体を折って咳《せ》き込み、ぼとりと血を吐いた。

「なっ!!」

「コレット!?」

慌てる僕とロイドが見守る中、コレットは次々と血を吐いていく。

ロイドは少し離れた場所にいた護衛の騎士たちに合図をすると、馬車を回してくるよう指示を出した。

必死な様子が伝わったのか、その命令は速《すみ》やかに実行され、僕とロイドはコレットとともに馬車に乗り込むと、一路王城を目指したのだった。

馬車を下りるやいなや、僕は意識のないコレットを抱きかかえて王城の廊下を走った。

「母上はどこだ!?」

走りながら叫ぶと、廊下を守る騎士の1人から「私室です！」と答えが返ってくる。

苦しさを覚えながらも全力で母の私室へと走ると、確かに母はそこにいた。

最近爵位を継いだ母の義兄であるペイズ伯爵と話をしていた様子だ。

「母上！」

僕はそれだけ言うと、コレットを抱いたまま母が座るソファの前の床にへたり込んだ。

コレットを抱いて王城の入り口からこの部屋まで走ってきたため、腕も足も肺も全てが限界を迎えていたのだ。

母から見えるようにと丁寧にコレットを絨毯《じゅうたん》の上に寝かせると、僕は母を見上げた。

はあはあと荒い息を繰り返すだけで、すぐに声を出すことはできなかったが、自らの血でドレスが汚れているコレットの惨状は、見れば分かるだろうと思われたからだ。

しかし、母はコレットを見ても表情を変えることなく、口を開くことすらなく、静かに僕を見下ろしてきた。

まるで僕からの発言がなければ、一切動くつもりはないとばかりに。

そのため、急いで状況を説明しようと、荒い息を整える僕の代わりに、隣に駆け込んできたロイドが悲鳴のような声を上げる。

「コレットが血を吐きました！　着衣の半分近くが血に染まるほどの量をです!!　このままでは、この子は死んでしまいます!!」

ロイドの声が聞こえたのか、コレットはうっすらと目を開けると、上半身を起こそうとした。

しかし、その瞬間、もう一度咳き込むと、ごぽりと新たな血を吐く。

同時に、顔や腕に剣で切られたかのような傷が突然入り、それらの傷から血が噴き出し始めた。

「コレット!?」

ロイドは叫ぶと同時に、腕を伸ばしてコレットを抱きしめた。

「ああ、だめだ、だめだ！　これ以上出血しないでくれ!!」

ロイドは必死になって懇願したが、彼の望みは叶えられそうもなかった。

コレットは再びくたりと意識を失うと、ロイドの腕の中で頬や腕から新たな血を流し続けたのだから。

その姿を見たロイドは真っ青になると、縋《すが》るように僕の母を見つめる。

「王妃陛下、どうか妹を助けてください！　それ以外は何も望みません!!　領地に下がれと言われるのならば、妹とともに一生涯引き籠ります!!　必要とあらば、我が公爵家の全ての財産を献上いたします!!　ですから、どうか妹を救ってください!!」

呼吸が少しだけ元に戻り、やっと声が出るようになった僕も、ロイドの隣で必死に懇願する。

「母上、僕からもお願いします!!　他には何も望みませんから、どうかコレットを救ってください!!」

母は考えるかのように髪を後ろに払った。

「コレットは未来の王であるあなたの妃になるのでしょう？　王妃となる者は、国一番の聖女であるべきだわ。それがどのような傷であろうとも、自分で治して皆に聖女としての力を示すべきではないかしら」

◇　◇　◇

母が口にしていることは無理難題で、絶対に実行不可能であることは、母を含む全員が分かっていた。

そもそもコレットは意識を失っているため、自らを治癒することなどできやしない。

そして、たとえ意識があったとしても、聖女としての能力が低い彼女に、これほど酷い症状を治すことは不可能だった。

「母上、無理です！　コレットにはできません‼」

そう発言した瞬間、母が満足したように微笑んだので、ああ、母は僕にこの言葉を言わせたかったのだなと気付く。

このような状況でもまだ、母は聖女としての能力の多寡《たか》をはっきりさせることにこだわっているのだ。

そんな母に失望を覚えたものの、僕から望む言葉を引き出して満足したのならば、コレットを救ってくれるかもしれないという希望が湧いてくる。

そのため、期待するような表情で母を見つめたが、次の瞬間、母はあっさりと僕の希望を打ち砕いた――――母は気だるげに髪を後ろに払うと、次の一言を口にしたのだ。

「今日は日が悪いわ。サヴィスが魔物討伐から戻ってくる日だから、魔力を温存しているの。私は魔法を使わないわ」

「そ……」

サヴィスが隣国から戻ってくることについては、先ほどロイドから報告を受けていた。

大聖堂があるディタール聖国からの要請で、あの国に棲《す》みついた竜を討伐するために騎士を率いて遠征していたが、役目を果たして戻ってくることは。

魔物を討伐に行った際、サヴィスは大なり小なり傷を負ってくる。

そのため、確かに母はいつだってサヴィスの帰城日に合わせ、数日前から魔力を温存させていた。

しかし……

「今日ばかりは、サヴィスに他の聖女を手配してもらえませんか？　サヴィスはこれまで命にかかわる怪我をしたことはありません。一方、コレットの状態は酷く、治癒できる者がいるとすれば、筆頭聖女である母上だけです！　そして、一刻の猶予《ゆうよ》もありません！　どうかコレットを治癒してください!!」

サヴィスたちの帰城を知らせた早馬が、それ以上のことを伝えなかったということは、恐らく弟は大きな怪我を負っていないはずだ。

そうであれば、ここはコレットを救う場面だろう。

そう考える僕を静かに見下ろした母は、表情を変えないまま返事をした。

「『サザランドの悲劇』のことは聞いているでしょう。サヴィスの副官として参加したシリルは、つい先日、両親を亡くしたばかりだわ。そんな彼に普段通りの立ち回りができるかしら。シリルの不調はダイレクトにサヴィスに影響を与えるから、あの子がこれまでのように軽傷で戻ってくるかは分からないわ」

母の言葉は、確かに1つの可能性を示していた。

しかし、実際にサヴィスが大怪我を負ったのであれば、早馬が来て連絡を入れるはずだ。

そのため、ほとんど起こり得ないことに思われ、僕には母がコレットを治療したくないがために、無理やり口にしている言い訳に聞こえた。

というよりも、これほど出血し、今にもはかなくなりそうなコレットを目の前にして、指一本動かそうとしない母の態度が不思議でならなかった。

母にはコレットを心配し、助けたいという気持ちはないのだろうか。

このままコレットを放置すれば、彼女の命の火が消えるのは確実だ。

吐血したうえ、原因不明の切り傷が体中に発生して、出血し続けているのだから。

そして、このように外から一切手を加えることなく、皮膚が切れる現象はこれまで見たことがないものの、母は驚く様子を見せなかったから、もしかしたら母はこの症状を知っているのかもしれないと思われた。

筆頭聖女である母のもとには、病状に関する多くの情報が集まるはずだから。

そうであれば、ますます母以上の適任者はいないだろう。

「母上、どうかお願いします。コレットを救ってください!!」

僕は絨毯の上に跪くと、深く頭を下げたけれど、母は平坦《へいたん》な声で同じ言葉を繰り返しただけだった。

「サヴィスが戻ってくる日だから、魔力を温存するために魔法は使わないわ」

その瞬間、僕は喉が張り裂けんばかりの大声を上げる。

「母上！　コレットは僕にとって何よりも大事な女性です!!　彼女を失えば、僕には何も残りません！　この一度だけでいいんです！　どうかコレットを救ってください！　母上にしかできないことなのです!!」

母の足元ににじり寄り、ドレスの裾を摑《つか》んで懇願すると、母は煩《わずら》わしそうに目を細めた。

「でも、その娘は私にとって何者でもないわ。このまま死んでしまったとしたら、あなたの妃にもならないのだから、全くの他人でしょう」

その瞬間、母は決してコレットのために動かないのだとはっきり理解する。

恐らく、この後１００万の言葉を費やしても、母は僕の希望を受け入れはしないだろう。

僕の言葉は決して、母に届かないのだ。

――もしかしたら、母の言っていることは正しいのかもしれない。

我が子を優先する母親として、王族を第一に救おうとする筆頭聖女として、母の決断は正しいのかもしれない。

母の話を聞いた者のうち、一定数はその考えを支持するかもしれない――が、母の態度を目《ま》の当たりにした僕の心は、『間違っている!!』と強く断じた。

目の前に死にかけた者がいて、顔色一つ変えず、指先一つ動かさない母は、聖女として必要なものが欠けていると。

……そこから数分間の記憶はあまりない。

恐らく、僕はコレットをかき抱くと、何事かを叫んだのだろう。

その後すぐに、僕は半狂乱になったと判断された騎士たちの手によって、腕の中のコレットごとロイドとともに別の部屋に移動させられたのだから。

離宮に住む聖女を呼んでくると言いながら、慌てて出ていった騎士たちの声が聞こえたが、コレットの病状は並みの聖女に治せる状態でないことは分かっていた。

そのため、僕は腕の中のコレットを力いっぱい抱きしめると、喉も裂けよと叫ぶ。

「お願いだ！　どうか僕の命を、体を、全てを捧げるから、コレットを救ってくれ!!」

そんな僕の心からの願いに応えてくれたのは、聖女でも医師でもなく、僕の体の奥底に眠っていた精霊王の力だった。

僕の全てを差し出すと誓った瞬間、僕の中から溢《あふ》れ出た力がコレットを包み込み、――僕と彼女はつながったのだから。

そして、その時以来ずっと、コレットは時を止めて眠り続けているのだ。

61 選定会前相談

セルリアンが話し終わると同時に、部屋にはしんとした沈黙が落ちた。

誰一人、言葉を発する者はいなかったからだ。

硬い表情で黙り込むセルリアンを見て、私は何とも言えない気持ちになる。

そして、彼が王太后を嫌悪するのも仕方がないことだと思った。

目の前で恋人が命の危険に晒《さら》され、救ってほしいと心から頼んだにもかかわらず、一顧だにされなかったとしたら、恋人のことを想う分だけ、悔しさと憎しみが湧いても仕方がないと思えたからだ。

実際に王太后がコレットを救えたかどうかは不明だけれど、恐らくセルリアンはコレットを救おうとしなかった王太后の振る舞いに納得できないものを感じたのだろう。

けれど……やっぱり王太后はコレットを救えなかったことに、辛い思いをしたんじゃないだろうか。

少なくとも王太后は魔物討伐から戻ってきたサヴィス総長を治癒したいと考えていたし、誰かを治したいと強く願うのは聖女の特性だ。

　恐らく王太后は大切なものを失うことがないよう、彼女にとって大事なものに順番を付けて行動したのだろう。

　その際、王太后の大事なものとセルリアンの大事なものが一致しなかったため、2人は決裂してしまったのだ。

　加えて、王太后の態度や言葉の端々に、聖女を特別視し、絶対視する言動が見え隠れしたため、セルリアンは悪感情をさらに増大させたのだろう。

『仲間の聖女1人救えないくせに、何が特別で優遇されるべき聖女か』と。

　そう考えていると、セルリアンが理解できないとばかりに首を横に振った。

「僕はね、未だにあの時の王太后の行動が理解できないんだ。王太后の優先順位と僕のそれは違ったかもしれないが、それでも……息子である僕が心から頼むのを聞き、目の前で死にそうになっているコレットを見て、あれほど無関心でいられたことにこれ以上ないほど心が冷えたんだ」

　王太后の真意は分からない。

　けれど、死にかけたコレットを見て顔色一つ変えず、指先一つ動かさない王太后の姿は、セルリアンにとって全く理解できないものに映ったのだろう。

　王太后の言葉を信じるならば、その後、竜討伐から戻ってきたサヴィス総長の怪我を治したはずだけれど、もしも総長が軽傷であったのならば、セルリアンはますます納得できなかったに違いない。でも……

「セルリアン、私には王太后の聖女としての能力がどれほどのものかは分からないわ。けれど、コレットとサヴィス総長の両方を救えるほどの魔力を持っていたならば、どちらも救おうとしたのじゃないかしら」

それができなかったからこそ、10年前の悲劇は起こったんじゃないかしら。

思ったことを口にしてみたところ、セルリアンは唇を歪めた。

「どうかな」

どうやらセルリアンは、王太后は何があったとしてもコレットを助けなかったと思っているようだ。

間近で見ていた彼がそう感じたのならばそうなのかしら、と分からなくなっていると、セルリアンは皮肉気な表情のまま言葉を続ける。

「いずれにせよ、王太后は彼女にとって大事なものを選び取った。国民にほとんど認知されていない僕の恋人を救うのではなく、既に勇猛果敢な騎士として名を馳せていたサヴィスを救い、皆から憧憬を集める道を。ああ、王太后はどこまでいっても筆頭聖女であることを止められないのさ！」

王太后の言葉をそのまま信じるのならば、彼女は何としてでもサヴィス総長を救いたくて、魔力を温存したとのことだ。

その行為だけを見て間違っているとは判断できないけれど……と思っていると、セルリアンは

「あくまで僕の考えだが」と思案する様子で口を開いた。

「火事場の馬鹿力ってあるよね。切迫した状況だと、普段以上の力が出ることは。聖女の能力も似たようなものだと思う。救おうという気持ちがあり、必死になって対応してこそ、本来の力かそれ以上のものが出せるのじゃないかな。だから、王太后のような心根で、救える者を冷静に選別するのであれば、王太后の能力を下回る者しか救えないはずだ」

セルリアンが言わんとしていることは、何となく理解できた。

きっと、彼は理想家なのだ。

「セルリアン、あなたの考えは一貫しているのね。先ほどあなたは『必要な場面で力を使いもしないのならば、力がないのと同じことだ。そんな者は聖女でも何でもない!!』と主張していたけれど、だからこそ、あなたは隣に立つ聖女としてコレットを選んだのじゃないかしら」

ふと思いついたことを言葉にすると、セルリアンは戸惑った様子で聞き返してきた。

「どういうこと?」

「コレットはいつだって全力で回復魔法を発動し、治癒しようとしていたのよね。彼女こそがあなたが理想とする聖女の姿だったのでしょう?」

多分、セルリアンにとって、聖女としての能力の高低はどうでもいいのだ。

彼にとって大事なのは、聖女としてどれだけ一生懸命、相手を治癒しようとするかなのだろう。

「……言われてみれば、その通りだな。今の今まで気付かなかったが」

セルリアンは唇を歪めた。

「生まれ持った能力の差は、努力では埋められない。なのに、ただ能力が高い聖女として生まれてきただけで、筆頭聖女として祭り上げられることは間違っている。実際には慈悲の心を持ち合わせておらず、自分たちの都合で治癒する相手を選別し、聖女の力をちっとも活《い》かせていないのに……それは能力が低いことと同じじゃないか！　だから、僕はコレットに筆頭聖女になってもらって、聖女の価値基準を根底からひっくり返してほしかったんだ!!」

そう言って唇を噛んだセルリアンを見て、私はやっと彼が何をしたいのかを理解したように思った。

彼は能力の高低ではなく、その心の持ち方で聖女を見ているのだ。

一方、シリル団長とサヴィス総長の気持ちはちっとも分からない。

聖女全般を敬うシリル団長が、王太后に対して辛辣《しんらつ》なのは一体なぜなのか。

サヴィス総長は王太后を嫌っているのか、苦手に思っているのか、何とも思っていないのか。

さっぱり分からないものの、きっと、この2人は聞いても教えてくれないだろう。

それに、そもそも本日の最大の問題は、王太后に対する皆の感情ではなくて……

「フィーア、筆頭聖女の選定会に勝手に推薦したことを怒っている？」

そう、これなのだ！

心配そうに尋ねてきたセルリアンを、私は首を傾げながら見返す。

「怒ってはいないけど驚いたわ。そして、ちっとも訳が分からないわ。だって、私は騎士だから、筆頭聖女の選定会に出られるわけがないでしょう？」

当然の答えを返すと、一瞬沈黙が落ちた。

それはまるで、何と答えたものかと皆が考えているかのような時間だったため、どういうことかしらと疑問に思う。

カーティス団長を除けば、この場の全員が私が聖女であることに気付いていないはずだ。

それなのに、なぜ誰も『その通りだ！　騎士が筆頭聖女選定会に出られるはずがない!!』と答えないのかしら。

カーティス団長も同じように考えたようで、厳しい表情を浮かべるとセルリアンに問いかける。

「フィー様の言う通りだ。フィー様は騎士であって聖女ではない。そのことを承知のうえで、なぜ筆頭聖女選定会の参加者として推薦したのか」

セルリアンは困った様子で首の後ろに手をやると、私とカーティス団長を交互に見ながら返事をした。

「君たちの言う通りだ。言う通りではあるのだけど、フィーアだけは例外なんだよ。なぜなら彼女は魔力が込められた聖石をたくさん持っているからね。それさえあれば、選定会は乗り越えられる」

「えっ、それはインチキでしょう！」

不正はダメよと思って驚いた声を上げると、セルリアンはぼそりとつぶやく。

「……選定会で聖石の使用は禁止されていない」

まるで子どもの言い訳みたいなことを言うわね。

「それは、選定会では聖石を使用してはいけないと、誰もが当然のように思っているからでしょう！　あるいは、聖石は滅多にない稀少《きしょう》な石らしいから、皆がその石の存在を知らないのか。どちらにしても、その選定会に参加したら、私は聖女として順位付けされてしまうんじゃないかしら？」

当然の質問をすると、さすがのセルリアンも答えにくいようで口を噤《つぐ》んだ。

「だけど、私は騎士だから、聖女としてずっと暮らしていくことはできないわ。それに、聖石の魔力はいつかなくなってしまうでしょう？　そうなったら、私が聖女じゃないってバレるわよ！」

本当にどうしてこんな当たり前のことを説明しないといけないのかしら、と思いながら訴えると、セルリアンは困ったように前髪をかき上げた。

「うん、その通りなんだけど、……フィーアは優勝しなくていいんだよ。ただ、王太后と彼女の子飼いの聖女に、この世界には強大で脅威となる聖女がいるのだ、と知らしめてさえくれれば」

セルリアンはそこで口を噤むと、助けを求めるようにシリル団長を見上げた。

そのため、シリル団長が口を開いたけれど、団長の発言内容はどういうわけかセルリアンのそれをより過激にしたものだった。

「私としては王太后が後継指名をしたローズ聖女に、より強い聖女がいるのだと知らしめるだけでは不十分だと思います。王太后の流れを汲《く》んだ聖女は、筆頭聖女に選ばれるべきではありません」

◇　◇　◇

シリル団長の言いたいことが分からず首を傾げると、団長は唇を歪めた。

「王太后は聖女としての高い誇りをお持ちです。恐らく、王太后とともに暮らしているローズ聖女も、そんな王太后の思想を受け継いでいることでしょう。ですが、私はどうしても王太后が掲げる聖女像に賛同できないのです」

シリル団長は一旦言葉を切ると、考えるかのように目を細める。

「筆頭聖女は全ての聖女様の頂点に立つ存在です。そのため、その考えは全聖女様に影響を与えますが、私は聖女様方に王太后を見習ってほしくないのです」

セルリアンが王太后との確執について語った際、その回想話にシリル団長が何度か出てきた。

つまり、この2人は幼い頃から親しくしていたようだから、シリル団長が直接王太后と顔を合わせる機会があったのかもしれない。

また、シリル団長のお母様は王太后の妹で、当時最も強い力を持った聖女だったものの、年齢の問題で王太后が筆頭聖女になったとのことだった。

そのため、シリル団長しか知り得ない隠された話があるのかもしれない。

シリル団長は公平で公正な人物だから、『王太后が掲げる聖女像に賛同できない』のにはしかるべき理由があるのだろう。

けれど、団長が口にしないということは言いたくないのだろうなと考えていると、シリル団長がじっと私の髪を見つめてきた。

「歴代で最も優れた聖女様は誰かと問われれば、誰もが300年前の大聖女様のお名前を挙げるでしょう。そのため、聖女様方の間では、大聖女様と同じ色を持つことが優れた聖女であることを示す指標となっているのです。だからこそ、聖女様は皆赤い髪に焦がれますが、フィーア、あなたほど鮮やかな赤い髪を私は見たことがありません」

そうかもしれないけど、私が何色の髪をしていようと、聖女たちは気にしないんじゃないかしら。

「お言葉を返すようですが、先日、プリシラ聖女は私の髪が赤だろうと、黒だろうと、気にしないと言っていましたよ」

私の言葉を聞いたシリル団長は、同意するかのように頷いた。

「そうですね、聖女様が気にするのはあくまで聖女様のみです。ですから、騎士のあなたに興味はないのでしょうが、赤い髪のあなたが聖女であると宣言すれば、聖女様方の中に大きな衝撃が走るはずです」

「えっ、そ、それはそうかもしれませんけど、私は騎士ですからね！」

シリル団長が何を言いたいのかが分からなかったため、予防のために皆が分かっていることをあえて口にする。

なぜなら私は本当に聖女だし、そのことを隠しているから、『聖女です！』と宣言することは身バレのリスクを伴うからだ。

サザランドでは『大聖女の生まれ変わり』ということになっているから、今さらのような気もするけど……

いやいや、それはそれ、これはこれよね。リスクは少ない方がいいに決まっているわ、と自分に言い聞かせたところで、先ほどセルリアンが王太后の前で、堂々と私が聖女であると発言していたことを思い出す。

王太后が息子の言葉を信じたかどうかは分からないけど、少なくともぎりりと奥歯を噛みしめていたわ。

「セルリアンは王太后に私が聖女だと信じ込ませたいの？　だとしたら、選定会で私は聖女の振りをしないといけないのかしら？　……いえ、もちろん出るつもりはないのだけど」

カーティス団長が心配そうな表情で見つめてきたため、最後の一言を付け足す。

皆が私に望んでいることが分からなかったため、小首を傾げながら見回すと、シリル団長が一歩前に進み出た。

「フィーア、同意を得ることなく、私たちの事情に巻き込んでしまって申し訳ありませんでした。

そのことを反省しています」

そう言って項垂れたシリル団長は、本当に反省しているのだと思う。

通常だったら、上下関係の厳しい騎士団の団長として、上意下達で命じればいいだけなのに、シリル団長はいつだって相手の気持ちを思いやってくれるのだから。

「いいえ、シリル団長は成り行きで発言したのでしょうから、私の同意を得る時間がなかったことは分かっています」

そう、シリル団長はセルリアンの売り言葉に便乗したのであって、元々何かを計画していたのではないはずだ。

私の言葉を聞いた団長は眉尻を下げると、困ったような表情を浮かべた。

「そのように物分かりがいいことを言われると、ますます申し訳ない気持ちになりますね。……よければ、少しだけ話を聞いてもらえませんか。筆頭聖女選定会及び私の希望について説明したいのです」

これは聞いてしまったら否応なく参加しなきゃいけないとか、そういうものではないわよね。

「もちろんいいですよ。選定会には大勢の聖女様が参加されるんですか?」

疑問に思ったことを尋ねると、シリル団長は首を横に振った。

「いいえ、そうではありません。この国に住む全ての聖女様は教会に登録され、その能力を把握されています。そのため、選定会の参加者は基本的に教会が決定するのです。より詳細に言うと、教会に推薦された者10名に、国王や筆頭聖女といった特別推薦枠持ちの方々から推薦された若干名を加えた、合計15名前後の聖女様が参加する形となります」

思ったより参加者が少ないけれど、選定会に参加する聖女は既に選《え》りすぐりということだろう。

もしかしたら地方の教会に所属している聖女の中には、正しく能力が把握されていない者もいるかもしれないけど、そこは仕方がないと見逃されているに違いない。

「それから、選定会の内容ですが、全部で３回の審査があります。第一次は病気の方を治す審査、第二次は薬草の知識を問われる審査、第三次は魔物討伐に随行して怪我をした騎士を治癒する審査です。それら全ての結果を総合的に勘案し、筆頭聖女が決定されます」

ふうん、第三次審査では魔物討伐に随行することになっているのね。

通常、騎士に随行する聖女たちは戦闘に参加しないのだけど、選定会の場合は戦闘に参加するのかしら。

「審査を行うのは、現在の筆頭聖女や教会関係者といった、事前に選定委員として選出された者になります。選定会は非公開で行われますが、参加者の名前及びそれぞれの審査結果は随時、国民に向けて広く発せられ、最終的な結果は、筆頭聖女の選定及び参加した聖女の順位付けという形で周知されます」

「えっ、選定会が非公開ということは、選定会に参加しなければ、聖女たちの能力を見られないんですか？」

思わず質問すると、カーティス団長から警告するかのように名前を呼ばれた。

「フィー様！」

分かっているわよ、カーティス。選定会に出ようというのではなく、ただの質問だから。心配しないでちょうだい。

そんな思いを込めて、カーティス団長に向かって大きく頷く。

……でも、選定会に出たら、現在の聖女の最高水準の能力を目の当たりにできるってことよね。

へー、ほー、そうなのねー、と考えていると、カーティス団長が心配そうな表情で見つめてきたため、大丈夫よともう一度頷いた。

一方、シリル団長は誘い込むような笑みを浮かべる。

「フィーア、あなたの言う通りです。選定会に参加しなければ、聖女様方の能力がどれほどのものかを知ることはできません。逆に言うと、フィーアが参加したとしても、その能力が外に漏れることはありません」

「えっ、そうなんですか？」

意外に思って聞き返すと、シリル団長はしっかりと頷いた。

「ところで、今回の選定会ですが、教会が最も力があると認めたプリシラ聖女が筆頭聖女に選ばれるものだと私は考えていました」

そうでしょうね。皆がそう考えたからこそ、オルコット公爵家の養女としてプリシラを迎え入れたはずだ。

「しかし、王太后が隠し玉を出してきました。そのため、恐らく選定会は、ローズ聖女とプリシラ聖女の一騎打ちになるでしょう。が、……先ほども述べたように、王太后の流れを汲んだ聖女は筆頭聖女に選ばれるべきでないと私は考えています」

きっぱりとそう言い切ったシリル団長を見て、セルリアンが不満気な表情を浮かべる。

「シリル、お前がそう思う気持ちは理解できる。だが、これぱっかりはどうしようもない。僕だって、コレットを妃にしたいと考えた時に色々と手を尽くしたが、王太后にしろ、教会にしろ、確固たる考えを持っていて簡単に懐柔できる相手ではなかった。だから、結局のところは力の強い者が選ばれるんだろう」

それから、セルリアンはちらりと私を見た。

「それに、もしもフィーアが選定会に出てくれたとしても、第二次審査はどうにもならない。さすがに聖女たちほど薬草の知識があるはずもないからな。そもそもいくら聖石を使ったからといって、聖女と同じように病気や怪我を治せるとも限らないから、優勝するのは不可能だ」

「その通りですね」

シリル団長が素直に頷いたため、セルリアンは訝し気な眼差しを団長に向けた。

◇　◇　◇

セルリアンの視線を受け止めたシリル団長は、最初から私が優勝するとは考えていないように見えた。

だとしたら、一体何を望んでいるのかしら、と不思議に思って首を傾げる。

「シリル団長は私に何をお望みなんですか？」

シリル団長は真剣な表情を浮かべると、じっと私を見つめてきた。

「3回の審査のうち1回でいいので、聖石を使ってローズ聖女を上回ってほしいと考えています。ローズ聖女は王太后のもとで育ってきたので、どのような勝負の場でも、自分が負けるとは思ってもいないはずです。そのため、一度でも敗北したら、その事実にローズ聖女が動揺して、普段通りの力が出せなくなるのではないかと期待しています」

なるほど。何の実績もない私が、突然、すごい魔法を使ったら、ローズはびっくりして上手く魔法を使えなくなるだろうという、心理面に着目した作戦ね。

「もちろん、その場合はあなたの今後に差しさわりがないよう、あなたが聖石を使う場面をローズ聖女以外の者には見られないよう配慮します」

それはいいことだわ。

身バレの可能性が下がることもそうだけど、もしもプリシラやその他の聖女たちが私の力を目にした場合、聖石の力だとは思わずに、動揺したり委縮したりするかもしれないもの。

その結果、彼女たちが普段通りの力を出せなくなったら本末転倒だわ。

「恐らく、プリシラ聖女とローズ聖女の能力に大きな差はないと思われます。そのため、3回のうち1回でもはっきりとした差が付けば、それが最終結果に響くはずです」

「まあ、そんな計画を立てるなんて、シリル団長は策略家ですね」

さすがシリル団長だ。派手ではないけど、確実に希望が叶いそうな方法を考えている。

そう感心していると、シリル団長は私にとってありがたい提案を続けた。

「上手くいった場合は、その場で棄権してもらって構いません。このことにより、初めにセルリアンが要望した通り、王太后とローズ聖女に『この世界には強大で脅威となる聖女がいるのだ』と知らしめることにもなるでしょうから、彼女たちへの抑止力になるはずです」

うーん、問題はそこなのよね。

「シリル団長の希望は分かりました。ただ、私にはローズ聖女が筆頭聖女に相応《ふさわ》しくないかどうかが分からないんです。厳正なる筆頭聖女選定会に、このように介入することの是非も分かりませんし」

ローズ聖女がすごく立派な聖女の場合、一体どうすればいいのだろう。

あるいは、ローズ聖女がものすごく強力な聖女だった場合、それでも王太后の流れを汲んでいることを理由に、筆頭聖女に選定すべきではないのだろうか。

そうだとしたら、そもそも筆頭聖女選定会で、思想や派閥まで確認するよう選定方法を変更すべきよね。

色々と疑問が湧いてきて、シリル団長の計画を頭から否定するような意見を述べたというのに、団長は不快な様子を見せることなく、悩まし気な表情を浮かべた。

「……非常に公正な視点ですね」

それから、シリル団長は考える様子で言葉を続ける。

「フィーア、この件に関して、私には公正な視点も冷静な観点も欠けています。そのことを自覚していますが……あなたの言う通り、そもそも私が行おうとしていること自体が、許されないものなのかもしれません」

シリル団長のすごいところは、反対意見を聞いても即座に否定するのではなく、一旦その内容を咀嚼《そしゃく》して検討することよね。

そして、正しいと思ったら受け入れるのだから、なかなかできることじゃないわ。

そう感心していると、シリル団長は中空を見つめて何事か考える様子を見せた。

しかし、すぐに頭を振ると、「でしたら」と新たな提案をしてきた。

「フィーアが選定会でどう行動するかは、あなた自身の判断にお任せするというのはいかがでしょうか。もしもあなたが選定会で余計な介入をすべきでないと考えたならば、聖石を使わずにそのまま棄権していただいて構いません。あなたは選定会を見学するくらいの気持ちで参加していただければと思います」

「えっ、それでいいんですか？」

それはまた破格の申し出ねと思いながら聞き返すと、シリル団長は生真面目な表情で頷く。

「フィーア、聖女に対するあなたの考えを、私は尊重しています。選定会に一切の作為的な行為を持ち込むべきではないというあなたの意見も、至極もっともです。恐らく、この場においては、あなたが最も冷静な判断を下せるのでしょう。……私は私の考えが国のためになると考えて行動していますが、もしかしたら筆頭聖女に対する考えにバイアスがかかっていて、正しく判断できていないのかもしれません」

つまり、これまでの話から推測するに、シリル団長は王太后との間に何らかの確執を抱えていて、そのことに考えが影響されているということだろう。

「私は見学するつもりで選定会に参加するんですね」

それは私にとって、楽しいばかりのイベントじゃないかしら。

「そして、後々、私が聖女だと取りざたされることはなく、ずっと騎士としてやっていけるんですね」

選定会の様子は選定委員しか覗けないのであれば、不特定多数の人の目に触れることはないだろう。

さらに、ローズ聖女以外の聖女たちにも、私が魔法を使っているところを見られないよう取り計らってくれるのであれば、本当に限られた者しか私を目にすることはないはずだ。

先ほど、シリル団長が『フィーアが参加したとしても、その能力が外に漏れることはありません』と言っていたのは、こういうことなのね。

「選定会に参加した時点で一般に公表されるのは名前だけですから、誰も騎士であるあなたと結びつけはしないでしょう。一方、選定会が終了して順位が付いた際、聖女様のお姿は公のものになれます。しかし、途中で棄権するのであれば、順位を付けることはできませんので、誰もその姿を確認するすべはありません」

シリル団長の有能さは、こういう時に頼りになるのよね。

これまでの実績もあるし、団長がきっぱりと言い切ってくれた場合、確実にその約束は守られると信じることができるのだから。

「それはとってもいいことですね！　ところで、ただの確認ですけど、聖女様たちは私が聖石を使用するところを見ることができないとのことでしたよね。私の方は、聖女様たちの魔法を見ることができるんですか？」

シリル団長は誘惑するかのように、満面の笑みで頷いた。

「もちろんです。フィーアが望むだけ見ることができますよ」

筆頭聖女選定会が開かれるのは数十年に一度だと聞いた。

そうであれば、我が国で有数の力を持つ聖女たちが一堂に会する機会は今後しばらくないだろうし、彼女たちの力を特等席で見られることなんて二度とないだろう。

つまり、今回の申し出は私にとって千載一遇のチャンスということだ。

「そうですか、よく分かりました」

私は感じ入った声を出すと、大きく頷いた。

「シリル団長とセルリアンがそんなに困っていて、私の参加を望まれるのでしたら、その希望に背中を向けるのは友人としてあまりに冷たいですよね！」

そう、私は２人の友人だったのだ。

そして、友人というのは助け合うためにいるのよね。

カーティス団長の手前、きりりとした顔を作ろうとしたけれど、どうしてもにやにやしてしまう。

「フィー様！」

そんな私を見て、カーティス団長が絶望的な声を上げたけれど、私は返事をすることなく言葉を続けた。

「選定会に出ます！」

きっぱりとそう言い切った瞬間、カーティス団長がふらりとよろけるのが見えた。

◇　◇　◇

よろめいたカーティス団長はそのまま床に膝を突くかと思われたけれど、何とか持ち直すと、ぎらりとシリル団長を睨み付けた。

「シリル、何という言葉でフィー様を誘惑するのか！　完全にフィー様の好みを把握して、弱みに付け込んでいるじゃないか!!」

まあ、カーティスったら何てことを言うのかしら。

全然話の流れを理解していないわね。

「カーティス、これは私が弱みに付け込まれたという情けない話ではなくて、私が友情に厚いという感動的な話なのよ」

分かりやすく説明してみたけれど、私の元護衛騎士は思ったよりも理解力がないようで、否定するかのように頭を横に振った。

それから、私の両肩をがしりと摑むと、説得するような声を出す。

「フィー様、これ以上ご自分を難しい立場に置くのは止めてください！　ただでさえ、サザランドでは大聖女様の生まれ変わりだと見做《みな》されているのですから、これ以上聖女絡みの話にかかわるものではありません」

カーティス団長があまりに心配そうな様子だったため、私は思わず大きく頷く。

「分かったわ、筆頭聖女選定会の後はできるだけ大人しくすると約束するわ。だから、これだけは参加させてちょうだい。私はどうしても聖女様たちの力を見たいのよ」

前世の私は、聖女であることに人生の大半を費やしていた。

そんな私の聖女としての魔法や技術は、精霊や先輩聖女たちから教えてもらったものだ。

志半ばで倒れてしまったため、私が教わったことの全てを次代の聖女たちに伝えることはできなかったけれど、それでもいくらかは今の時代まで伝わっているはずだ。

だから、この国でも抜きんでて能力が高い聖女たちであれば、少しは、まあまあ、結構な技術を引き継いでいるのじゃないだろうか。

私はそれらをこの目で見てみたいのだ。

前世で私の護衛騎士だったカーティス団長であれば、ずっと私の側にいたから、私の気持ちを理解してくれるのではないだろうか。

そんな期待を込めて見上げると、カーティス団長はぐぐっと奥歯を嚙み締めた。

「フィー様、それは……完全に私の弱みに付け込んでいます」

「えっ、カーティスの弱みって何なの？」

「……あなた様のご希望をできるだけ叶えたいと思うことです。特に聖女様に関することであれば、その傾向が強く出ます」

まあ、カーティス団長は私にとってそんなに都合がいい弱みを持っているのかしら？

よし、本当に効くか試してみよう！

私は両手を組み合わせると、カーティス団長を笑顔で見上げる。

「カーティス、選定会に出る聖女様たちの実力を間近で見たいわ！」

「ぐうっ！」

冗談半分だったのに、カーティス団長がまるでカエルが潰れたかのような声を出したので、本当に効いているようだわとびっくりする。

目を丸くして見つめていると、カーティス団長はあきらめた様子で項垂れた。

「……分かりました。選定会には私も護衛として同行します。くれぐれも無茶なことはしないとお約束ください」

護衛？　選定会場の警備って意味かしら？

カーティス団長の言葉に一部理解できない単語があったけれど、聞き返すことで彼を刺激し、気持ちが変わることがあってはいけないと、聞き流すことにする。

「ええ、約束するわ！」

はっきりと言い切ったにもかかわらず、カーティス団長は心配そうな表情のまま言葉を続けた。

「それから、これはお願いではなく助言ですが、……聖女様方の能力に過度に期待するのはお止めください」

「え？　ええ、聖女様方が３００年前と比べて弱くなっているのは知っているわ」

心配しないでも大丈夫よと笑顔で答えたのに、カーティス団長はまだ心配そうな表情を浮かべていた。

「……それならいいのですが」

けれど、引き際を知っている私の元護衛騎士は、私の発言を受け入れて一歩後ろに下がる。

代わりに、セルリアンが一歩進み出ると口を開いた。

「フィーア、僕の希望を聞き入れてくれてありがとう！　だが、君が選定会に出ると言ってくれた途端、憑《つ》き物が落ちたように冷静になった。フィーアにとんでもない要求をしたんだな、と今の僕は申し訳ない気持ちでいっぱいだ。騎士に聖女の振りをしろだなんて、滅茶苦茶な話だよね」

心配そうな眼差しで私を見つめてくるセルリアンは、とっても情けない表情をしていた。

彼は長年王太后に腹を立てていたため、先ほどは王太后を打ち負かしたい気持ちが溢れてしまったのだろう。

そのため、怒りの感情だけで突っ走ったものの、『聖石を持って選定会に参加する』という私の宣言を聞いた途端、自分の要求がいかに無茶なものだったか思い至ったに違いない。

「ええ、その通りね。確かに滅茶苦茶でくちゃくちゃな話だわ！　ナンバーワンの聖女様を決める選定会に参加しろと、立派な騎士に要求するなんて、正気を疑われる話よ。ナーヴ王国広しといえど、こんなハチャメチャな話を引き受けるのは私くらいじゃないかしら」

腕を組み、うんうんとわざとらしく頷きながら答えると、セルリアンはへにょりと眉尻を下げた。

「そうだよね……」

「だけど、安心してちょうだい！　私は友情に厚いのよ」

おどけた調子でそう言うと、セルリアンが頬を赤らめて抱き着いてきた。

「フィーア、ありがとう！　君みたいに心が広くて親切な人って他にいないよ!!」

ふっふっふ、やっと私の素晴らしさが伝わったようね。

「もちろんよ。だから、私に任せてちょうだい！」

そう言ってセルリアンの背中をぽんぽんと叩くと、彼はぐしりと洟《はな》をすすりながら一歩後ろに下がった。

それから、もう一度小さな声でお礼を言ってきたため、私はにこりと微笑む。

シリル団長、カーティス団長、セルリアンのそれぞれが感情的に落ち着いたところで、見計らったかのようにサヴィス総長が口を開いた。

「フィーア、お前が無理をすることはない。セルリアンは王太后に鬱屈《うっくつ》した思いを抱いており、シリルはオレを心配している。だからこそ出た要望だ。しかし、それは他の方法でも解決できる。お前の意に反するのであれば、お前が動く必要はない」

総長が公平な視点から発言してくれたことが分かったため、どうやらこの場で一番冷静なのはサヴィス総長のようねと考える。

ただ、親切なお言葉ではあるのだけど、選定会に参加することは、これっぽっちも私の意に反していないのよね。

私は皆の視線を意識しながら、慎み深い表情を作った。

「ご心配いただきありがとうございます。ですが、シリル団長とセルリアンに対する友情の前では、全てのことは些末事《さまつごと》なのです」

本当に、特等席でこの国選りすぐりの聖女たちの能力が見られることに比べれば、その他のことは些末事だわ。

サヴィス総長は私の慎《つつ》ましやかな表情を見て、探るかのように目を細めると言葉を続ける。

「筆頭聖女はいずれオレの妃になる。そのため、シリルはオレのことを心配して色々と手を尽くそうとしているが、相手がどのような聖女であれ、オレが困ることも悩むこともない。シリルの杞憂《きゆう》だ」

つまりそれは、サヴィス総長が結婚後も、お妃様とは他人としての距離を保つということよね。

うーん、シリル団長は総長にそんな寂しい生活を送ってほしくないんじゃないかしら。

ん？　よく考えたら、筆頭聖女選定会はナンバーワンの聖女を決めるのと同時に、サヴィス総長のお妃様を決める会ってことじゃないの。

あらあら、まあまあ、黒竜《こくりゅう》騎士団の至宝であるサヴィス総長のお妃様ならば、そんじょそこらの聖女様では騎士たちが納得しないわよね。

私はにやりとした笑みを浮かべる。

「了解しました！　シリル団長の憂いを吹き飛ばし、サヴィス総長が一目惚《ひとめぼ》れするような素晴らしい聖女様を探してきます!!」

私は心から宣言したというのに、なぜだかシリル団長はぎょっとした様子で私を見つめてきた。

「フィーア、どうしてそのような結論になるのですか！　恐らくあなたはサヴィス総長の真意を誤解しています」

「ほほほ、女性を見極める役は女性が適していると、父が言っていました」

高らかな笑い声を上げると、シリル団長は見てきたかのようにスラスラと答える。

「それは、ドルフが全く女性を見極めることができないという話で、全然意味が違います。たとえばクラリッサであれば当てはまるかもしれませんが、フィーア、あなたには無理です。それに、これは筆頭聖女を選ぶ選定会ですから！」

シリル団長の発言はもっともではあったけれど、私には私の意見があるため、ここは譲れないわと苦悩しながら返事をした。

「ううーん、私が聖女様であれば、ただ聖女様の能力だけに着目するのでしょうが、私は騎士ですからね。これはもう、仲間の騎士たちに優しい、騎士が大好きな聖女様を探してくるのが私の使命です！」

すると、当事者であるはずのサヴィス総長がおかしそうに笑い声を上げる。

「ははは、オレが一目惚れするような聖女から、騎士たちに優しい聖女へと、お前たちに都合のいい相手にすり替わっているぞ。なるほど、フィーアはオレのお守りのつもりだったが、どうやら騎士団全体のお守りだったのか」

あらまあ、話題になっているのは総長本人のことだというのに、どこまでも他人事《ひとごと》ね。

そう思ったのは私だけではなかったようで、シリル団長が苦言を呈した。

「サヴィス総長、面白がっている場合ではありません！」

けれど、サヴィス総長は無言で肩を竦《すく》めただけだった。

どうやらサヴィス総長は、筆頭聖女と婚姻を結ぶことをあまり真剣に取り合っていないようだ。

その姿を見て、総長らしいと思うと同時に、やっぱりこれは私が頑張らなければならないわね、と決意を新たにしたのだった。


そんなわけで、超エリート集団である第一騎士団の騎士である私、フィーア・ルードに新たな任務が追加された。

筆頭聖女選定会への参加に向けて、聖女の能力及び薬草の知識を身に付けるという特別任務だ。

ただし、私が選定会に出るというのは秘密なので、極秘任務でもある。

「特別任務ってのは、その者にしか頼めない重要な任務のことよね。ほほほ、私ったら2つも特別任務を受けるなんて、どれだけ優秀な騎士なのかしら！」

私は寮の私室でベッドの上に座り込むと、ザビリアを相手に今日の出来事を話して聞かせた。

明日からの私の1日は、王城の庭を訪れて大聖女の薔薇《ばら》に魔力を流すことから始まり、聖女と薬草について学ぶことで終わるのだ。

忙しくなるわねー、と口にしたところで、ザビリアが不思議そうに首を傾げる。

「フィーアは騎士だよね？　なのに、フィーアの1日は、庭の観賞と聖女見習いの仕事で終わるってこと？　果たしてこれは騎士の仕事なのかな？　たとえばこのスケジュールを聞いて、フィーアが騎士だと当てられる者が一体何人いるのだろうね」

「うっ、ザビリアったら鋭いことを言うわね。誰かに尋ねて、その答えを確認したい気もするけれど、特別任務だからね。私のスケジュールを外に漏らすわけにはいかないわ」

きっぱりとそう言うと、ザビリアは頷いた。

「それはよかったね。状況はフィーアに優しいよ。ふふふ、僕としてはフィーアが騎士として重宝されているのか、庭師として重宝されているのか、はたまた聖石の所有者として重宝されているのかを確認したいところだから残念だけど」

「ううう、それは開けてはいけない箱の気がするわ。でも、おかしいわね。入団式でサヴィス総長と引き分けた時に見られた、私の騎士としての優秀さは一体どこに行ってしまったのかしら」

最近の私からは、完全に消えてなくなった気がする。

不思議に思って首を傾げると、ザビリアが横目で見てきた。

「あれは剣の力だよね。フィーアが立派な騎士だということ自体、初めから幻だったんじゃないの」

ザビリアが嫌な見解を示すので、聞こえない振りをする。

「ほほほ、私が筆頭騎士団長から直々《じきじき》に特別任務を与えられたのは間違いないし、細かいことは考えずに、全力を尽くすことにするわ！」

やる気に満ち溢れている私に対して、ザビリアは物申したいような表情を浮かべて反論してきた。

「全力？　それは尽くさない方がいいと思うよ」

知らないよー、と言うザビリアを尻目に、私はぐっと握りこぶしを作る。

「ほほほ、ザビリア、騎士という仕事は大変なものだから、力をセーブして務まるほど簡単なものじゃあないのよ。それに、特別任務を与えられたのだから、立派な騎士として手を抜くわけにはいかないわ！」

高らかに宣言する私を、ザビリアはどういうわけか呆れた目で見つめていたのだった。

62　選定会参加準備

――あら、これは以前見た夢と同じものじゃないかしら？

普段、夢を見ている時は夢だと気付かないものだけど、少し前に同じ夢を見た私は、さすがにそれが夢だと気付く。

「セラフィーナ、どうせオレの足を踏むのなら、せめてオレの顔を見ながらにしてくれ。足を見つめられたまま何度も踏まれると、まるで狙って踏まれているような気持ちになる」

どうやらシリウスのセリフまで、前回と同じようだ。

夢の内容は３００年前のもので、前世の私は練習室でシリウスを相手にダンスの練習をしているところだった。

２週間後に迫った夜会に間に合わせるため、必死で淑女たらんと頑張っているのだ。

そんな私は口をとがらせると、前回と同じように完全無欠の近衛《このえ》騎士団長に不平を述べる。

「あなたの時間と私の時間は、流れ方が異なるのかしら？　それとも、物事に取り組む真剣さが、私には足りていないのかしら？　シリウスと同じ時間起きていたとしても、同じように多くのものを身に付けられるとはとても思えないわ」

シリウスは不思議そうに私を見つめてきた。

「……お前以外の者は、そのようなことを疑問にも思わないぞ。『シリウス・ユリシーズだから』の一言で理解したつもりになり、全てを片付ける」

「あなたが何だって完璧にできることは否定しないけれど、努力もせずに素晴らしい結果を出せる人なんていないわよ！　『シリウスであること』のためにものすごく努力をしたことは、あなたが出した結果を見れば明白だし、同じように、『シリウスであり続けること』のためにどれほど努力をし続けているかは、現状のあなたの素晴らしさを見れば一目瞭然だわ」

私の言葉を聞いたシリウスは、眩《まぶ》しいものを見つめるかのように目を細めた。

「……お前はいつだってその金の瞳でオレを見つめ、全てを肯定してくれるのだな。そして、オレを救ってくれる」

シリウスは私の手を持ち上げると、その甲に軽く唇を落とした。

「至尊なる我が王国の大聖女。お前を構成する全てをオレは守ろう。美しく輝く深紅の髪を、慈愛に満ちた金の瞳を、奇跡を生み出す白い腕を——未来永劫守ることを、約束しよう」

シリウスがあまりに真剣な表情をしていたため、夢だと分かっているにもかかわらず、私は前回と同じように胸が詰まったような思いを覚える。

そんな私を、彼はとっても優しい眼差しで見つめると、尋ねるように呼び掛けた。

「……どうした、オレの大聖女？」

◇　◇　◇

「うーん、確かに素敵なシーンではあるのだけど、どうして同じ夢を２回も見たのかしら？」

次の日の朝、王城の庭で大聖女の薔薇に魔力を流しながら私は首を傾げた。

筆頭聖女選定会に向けて、この１週間は聖女と薬草の知識を詰め込まなければならないことになっている。

そのため、前世で一番淑女教育を頑張った時期の夢を見たのだろうか。

「ううーん、でも、今回はそんなに頑張らなくてもいいわよね」

だって、聖女と薬草のことは一通り分かっているし、優勝する必要はないのだから。

だとしたら、シリウスの夢を見たこと自体に意味があるのかしら……と考えていると、デズモンド団長がやって来た。

「フィーア、聞いたか？　何と、今年の筆頭聖女選定会の参加者の中に、お前と同姓同名の者がいるらしいぞ！」

まあ、選定会に参加すると返事をしたのは昨日なのに、もう情報が伝達されているのね。

恐らく、デズモンド団長は立場上、他の人よりも早く情報を入手することができるのだろうけれど、それにしても早いわ。

私は何気ない振りを装いながら、気のない口調で言う。

「へー、そうですか。世の中には自分のそっくりさんが3名いると言われていますからね。同姓同名の者がいてもおかしくないですよね」

私の言葉を聞いたデズモンド団長は、顔をしかめた。

「お前の発想はいつも通り尋常じゃないな。お前みたいな奴が他に3人もいてたまるか！　しかし、世の中にお前が4人いることを考えたら、同じ名前の者が10人や20人いても大きな問題ではない気がしてきたぞ」

しめしめ、デズモンド団長が選定会に出るフィーア・ルードと私は別人だと認識したようだわ。

こうなったら話をズラすに限るわね。

「筆頭聖女選定会は1週間後にあるんですよね。会場準備を手伝わずに、こんなところでうろうろしていて大丈夫なんですか？」

「選定会の一部は王城内で行われるからな。オレは城内に不備がないか、点検をしているところだ。オレのように鋭い洞察力を持った者しかできない、非常に重要な仕事だな」

まあ、自分のことを『鋭い洞察力を持った者』って褒めたわよ。

デズモンド団長はいつだってお気楽でいいわよね。

呆れてため息をついていると、デズモンド団長が私の顔を覗き込んできた。

「珍しく疲れた顔をしているな。昨夜はあまり眠れなかったのか?」

あら、よく気付いたわね。

どうやらデズモンド団長が鋭い洞察力を持っているのは確かなようだわ。

「そうなんです！　以前見た夢と同じものを昨夜も見たんです。珍しく明け方に目覚めたので、同じ夢を二度見ることの意味を考えていたら、二度寝し損なってですね」

私の言葉を聞いたデズモンド団長は顔をしかめた。

「夢だと?　そんなことで悩むとは、お前は本当に他に悩みがないんだな！　心配したオレが損をした。すこぶる健康じゃないか！」

健康なのはいいことだから、そこは怒るところじゃなくて喜ぶところじゃないかしら。

そもそも私はよく眠れなかったと言っているのだから、健康ではないと思うけど。

「いえ、寝不足だから不健康ですよ」

「どうせお前は昨晩、早く寝たんだろう！　だから、早く起きたまでじゃないか?　睡眠時間を言ってみろ」

「……9時間です」

「十分だろ!!」

なるほど。どうやらデズモンド団長が上手に情報を収集して、的確な結論を出すことが得意なのは事実のようだわ。

「さすがですね、デズモンド団長！　私から重要な情報を引き出すとはお見事です」

「全然すごくないわ！　お前から情報を引き出すのは簡単だし、お前の睡眠事情は重要な情報ではない!!」

うーん、デズモンド団長は称賛の言葉を素直に受け取らないタイプのようね。

そう思いながら、私はデズモンド団長と別れたのだった。


薔薇園を後にした私は、その足で離宮に向かいシャーロットを訪ねた。

内緒話をしたかったため、離宮内の小部屋にシャーロットと2人で入る。

部屋の中にある長椅子に並んで座ると、私は選定会について報告した。

「シャーロット、筆頭聖女の選定会に出ることになったの」

「えっ、フィーアが出るの？」

珍しく大きな声を出したシャーロットは、自分の声の大きさに驚いたようで、慌てて両手で口元を押さえるときょろきょろと周りを見回した。

部屋は2人きりだから、他に聞かれる心配はないのに、それでも聖女たちに聞こえたら大変だと窓の外を気にしているシャーロットはいい子だわ。

「フィーアは知らないかもしれないけど、選定会は国中の聖女たちが出たくて出たくてたまらないイベントなのよ。だけど、どうしても参加人数が限られるから、わずかな聖女しか参加できないの。

その選定会に出るなんてすごいことだわ！」

シャーロットの様子から、彼女は選定会に出ないみたいねとがっかりする。

「シャーロットが参加するには、年齢が足りないのかしら？」

私の質問を聞いたシャーロットは、とんでもないとばかりにぶんぶんと首を横に振った。

「私が参加するなんてとんでもないことだわ！　そんなこと、考えてもいないわよ。でも、そうね。もしも私が力のある聖女だったとしても、年齢的に参加することは難しかったでしょうね。多分、15歳になっていないとダメだわ」

15歳といえば、私の年齢じゃないの。

まあ、私が年齢的にぎりぎりだったのなら、シャーロットが参加するのは確かに難しいわね。

選定会で1位に選ばれた聖女は、サヴィス総長と婚姻を結ぶとの話だった。

王族と聖女にはそれぞれ、婚姻に関して定められた年齢があるらしいから、シャーロットはどうしても年齢で引っかかってしまうのだろう。

シャーロットは能力のある聖女だけど、これぱっかりはどうしようもないわねと考えていると、シャーロットがおずおずと尋ねてきた。

「フィーアはどうやって選定会に参加できることになったの？　フィーアの存在は知られていないから、教会が推薦することはないはずでしょう。ということは、特別な推薦を受けたの？」

「よく分かったわね！　国王推薦枠で出ることになったの」

さすがシャーロットだわ。推理力も高いわね、と感心しながら頷くと、彼女は震える両手を組み合わせて絶句した。

「こ、国王？　フィーア……」

えーと、国王と言っても、実際には道化師の格好ばかりしているいたずら少年でしかないのよね。けれど、そのことを言うわけにはいかないし、と困っていると、事実を知らないシャーロットは恐れ多いとばかりに目を白黒させた。

「えーと、流れでそうなっちゃったけど、最後まで残って高位の聖女として順位付けされたら困るから、選定会の途中で抜けるつもりなの。ほら、サザランドから聖石をもらってきたでしょう？私が何をしてもあの石のおかげだと関係者は思うから、疑われることはないはずよ」

シャーロットには聖石のことを説明していたため、その使い方は知っているはずだけれど、なぜだか彼女は眉をへにょりと下げる。

「そうなのかしら？」

十分安全だと説明したにもかかわらず、シャーロットは私を心配しているようだ。

私は彼女を安心させるため、にこりと微笑む。

「大丈夫よ、シャーロット！　私は案外、優秀な聖女なのよ。だから、何が起こっても大体のことは上手くできるわ」

「それは……大丈夫と言えるのかしら」

私の言葉を聞いたシャーロットは安心するかと思ったのに、なぜだかさらに心配そうな表情になった。

「え？　もちろんよ。大体のことができるからこそ、上手い具合に匙加減《さじかげん》して、『そこそこ優秀な聖女』を演じてみせるわ」

シャーロットは言葉を選ぶ様子で発言する。

「とっても難しいことに聞こえるけれど、フィーアにできるのかしら。あっ、いいえ、能力的にできないということじゃなくて、フィーアは怪我人とか病人を見たら、夢中になって止められなくなるんじゃないかしら」

シャーロットったら鋭いわね。

確かにそのような傾向はあるけど、私も日々成長しているのだ。

「自分が何のために選定会に参加するかをきちんとわきまえているから、心配しないでちょうだい。シャーロット、私はどうしても現在の聖女の魔法を見てみたいの」

ナーヴ王国は広い。

もしかしたら私の知らない魔法を使える聖女や、私よりも優れた聖女がどこかにいるかもしれない。

そんな聖女たちに会えるかもしれない、と思っただけでワクワクそわそわしてくるのだ。

「フィーアの気持ちは分かるわ。私も筆頭聖女に選ばれるほどの聖女が魔法を使うところを、一度でいいから見てみたいと思うもの。フィーアのようにすごいのかしらね？」

　ふふっ、そうね。

　前世の私の魔法を受け継いでいて、似たところがあれば嬉しいわ。

「シャーロットも参加できないかどうか、国王に聞いてみましょうか？　国王が持っている推薦枠がもう1つあるかもしれないし、最終的な順位が低ければ王族と婚姻を結ぶ必要はないだろうから、年齢は問題にならないはずよ」

　シャーロットと一緒に優れた聖女の魔法を見るのは楽しいだろうな、と思ったけれど、彼女は激しく首を横に振った。

「ダメ、ダメ、ダメよ！　とんでもないわ。そんなことになったら、私は恐れ多くて息が止まってしまうわ」

「息が止まるのは困るわね」

　本人が希望しないんじゃ、仕方がないわね。

　私はシャーロットの頭にぽんっと手を乗せた。

「だったら、私がシャーロットの分まで聖女たちの魔法を目に焼き付けてくるわ！」

　私の言葉を聞いたシャーロットは、満面の笑みを浮かべたのだった。

◇　◇　◇

その日の午後、王城の庭で薬草摘みをしていると、カーティス団長が顔を覗かせた。

彼は時々、こんな風に私の様子を見に来てくれる。

いつもだったら、珍しい薬草を見つけましただとか、街に出たので流行《はや》りの菓子が手に入りましただとか、顔を覗かせるきちんとした理由があるのだけれど、今日の訪問は昨日のことが気になったからだろうなと推測する。

けれど、声を掛けられて顔を上げると、カーティス団長は両手いっぱいにお菓子の箱と薬草を抱えていたので、予想が外れたわと目を丸くした。

「たくさんね、カーティス」

「街に出たところ、たまたま流行りの菓子が手に入りまして。それから、王城まで戻ってくる途中で、珍しい薬草を見つけました」

「そうなのね」

カーティス団長が手渡してくれた薬草は特殊な場所でしか育たないから、森の奥深くでしか見つからないはずだ。

それなのに、街から王城までの道で見つかったのね、と不思議に思ったけれど、深く聞かない方がいい事柄に思えたため、座っていた場所の隣をぽんぽんと叩く。

「座ってちょうだい。お菓子をたくさん持ってきてくれたから、一緒に食べましょう」

カーティス団長は無言で私の隣に腰を下ろすと、差し出されたお菓子を素直に受け取った。

私は大きな口を開けると、あむりと一口頬張《ほおば》る。

「あっ、何てことかしら！　チョコがクリームになって入っていたわ。えっ、こんな贅沢《ぜいたく》なお菓子があるものかしら」

「はい」

興奮してカーティス団長を見上げたけれど、心ここにあらずといった様子で返された。

私は口の中にあったものを飲み込むと、一旦おやつを食べるのを中断する。

「カーティス、あなたは何を心配しているの？」

昨日はカーティス団長と長時間一緒にいたけれど、その間ずっと彼は私を心配している様子を見せていた。

そのため、何が気になっているのかをストレートに尋ねてみる。

すると、カーティス団長はぐっと奥歯を噛み締めた。

「この世界にはまだ魔人が残っています。私はフィー様の存在が魔人に知られることを恐れています」

カーティス団長の口から出たのは、非常に分かりやすい回答だった。

「あなた様が精霊と契約さえしなければ、魔人に気取《けど》られることはないと、これまでの私は考えていました。しかし、『二紋《にもん》の鳥真似《とりまね》』は人に擬態《ぎたい》していました。そのため、もしもフィー様が能力の高い聖女であると露見し、人々の間に噂が広がれば、魔人があなた様の存在を知覚するのではないかと、私は恐れています」

「それは……」

カーティス団長の言う通りだったので、私は言葉を途切れさせる。

今世に生を享《う》けてからこれまで、魔人が現れたという話は聞いたことがない。

『二紋の鳥真似』を除くと、魔人はもう長いこと人の前に姿を現していないとのことだったからだ。

けれど、だからといって、安全だと言うことはできないのだ。

「あなたの言う通りだわ、カーティス。最近の私はちょっと気が緩んでいたようね」

前世の記憶を取り戻してすぐの頃は、亡くなった時の記憶が強く残っていて、これ以上はないほど魔人に恐怖を抱いていた。

けれど、今世で楽しい出来事が積み重なるにつれて、前世の恐怖心は少しずつ薄れていったように思う。

表情から私の考えを読み取ったようで、カーティス団長は苦し気に顔を歪めた。

「フィー様、300年前の人生は過去のものです。あなた様は過去を忘れ、新たに与えられた人生を楽しむ権利があります。しかし……あなた様は特別なのです！　そのため、どうしても過去があなた様を追いかけてくるのです」

カーティス団長が仄《ほの》めかしていることは分かっている。

私だって、『魔王の右腕』が最後に口にした言葉を忘れてはいない。

『聖女として生まれ変わったら、必ず見つけ出し、また、同じように殺す』

それは、私が何としてでも避けるべき場面だ。

もしもその場に騎士たちが居合わせたならば、間違いなく騎士たちは巻き込まれるだろうし、大きな被害が出るだろうから。

そして、最悪の結果になったとしたら、カーティス団長はものすごく悲しむだろうから。

私だって、まだまだやりたいことがたくさんあるから、死んではいられないのだ。

過去を思い出したことで、恐ろしさが私の背中に爪を立てたけれど、私は恐怖心を追い払いながら明るい表情を浮かべた――――カーティス団長が心配そうに私を見つめていたから。

「カーティス、約束するわ！　筆頭聖女選定会は途中で棄権するし、その後は無茶なことはしないって。それに、安心してちょうだい。そもそも今世の私は騎士として生きていくつもりだから」

「……あなた様の本質が聖女であることは分かっています。聖女として生きることが、あなた様の幸せであることも。ですが、私は……もう二度と、あなた様を失いたくないのです」

カーティス団長の苦し気な声を聞いて、あなたの気持ちは分かっているわ、と私は何度も頷く。

それでも、カーティス団長は完全に安心することはできないようで、まだ心配そうな表情を浮かべていた。

そのため、私は雰囲気を変えようと、昨夜見た夢のことを話題にする。

「ところで、カーティスは夢占いに詳しいかしら？」

「いえ、人並み程度です。何か変わった夢でも見たのですか？」

話題が変わったことに戸惑いを見せながらも、心配そうに尋ねてくるカーティス団長に、私は明るい口調で続けた。

「それがね、同じ夢を2回も見たの。しかも、シリウスの夢なのよ」

そう言うと、私は夢の内容をカーティス団長に語って聞かせた。

「これは近々、ダンスが必要になるから練習をしなさいという警告なのかしら？　それとも、シリウスみたいな強い騎士に出会えるという予兆なのかしら？」

冗談だと分かるように、わざとらしく腕を組んでコミカルな表情を作る。

けれど、カーティス団長は難しい顔をして黙り込んでしまった。

「…………」

「カーティス？」

不審に思って名前を呼ぶと、カーティス団長は慌てた様子で言葉を紡いだ。

「ああ、ええ、ダンスが必要になるという警告だと思います！」

「……いや、今の言葉は冗談だったのよ。私がダンスをする場面なんて、この先あるはずないわよ」

カーティス団長ったらどうしたのかしら。

いつもだったら冗談だと気付いてくれるのに、今日は気付かず、本気の言葉だと捉えてしまったわよ。

普段の彼らしからぬ態度を訝しく思っていると、カーティス団長は私の言葉に同意する様子を見せた後、真顔で続けた。

「ああ、ええ、そうですね！　もちろん、冗談ですね！　……フィー様、夢は夢です。何の意味もありません」

「そう？」

そうなのかしらと思いながら問い返すと、すごい勢いで提案される。

「そうです。できれば、次は私の夢を見ていただきたいですね！」

「えっ？」

見上げると、カーティス団長の頬が赤くなっていたので、まあ、今日の彼は一体どうしたのかしらとびっくりする。

今のセリフは間違いなくカーティス団長の冗談だろうけど、彼はその手の冗談を言うタイプではないので、ものすごく無理をしたことは間違いない。

そうまでして話を変えたかったのかしら、と首を傾げながらも、これ以上カーティス団長に負担をかけてはいけないと同意する。

「分かったわ！　今夜はあなたの夢を見るわ」

自分から言い出したというのに、カーティス団長は首まで真っ赤になった。

「は、はい。あの、私はこれで失礼します」

黙って見守っていると、カーティス団長はやっとのことで立ち上がり、ふらふらしながら去っていった。

何とはなしに後ろ姿を見守っていると、短い距離を歩くだけで何度も転びそうになったので、すごく動揺しているようだ。

……何だかよく分からないけど、私の元護衛騎士はとっても可愛らしいわね。

私は心からそう思ったのだった。

63　筆頭聖女選定会

1週間後、とうとう筆頭聖女選定会の日を迎えた。

はっきり言って、この1週間は大変だった。

サヴィス総長の執務室で別れた後、シリル団長は自らの行いを振り返ったようで、深く反省した様子を見せたからだ。

どうやら自分が要望したせいで、私に大きな負担をかけてしまったと遅ればせながら思い至り、罪悪感に苛《さいな》まれたようなのだ。

そのため、私が選定会で恥をかかないようにと、最低限の知識を付けさせようとしてきた。

具体的には第一騎士団長室に呼び出され、シリル団長から真剣な表情で提案された。

「フィーア、あなたが聖女様についての知識に欠け、おかしなことを口走って恥をかいたとしたら、全て私のせいです。私は貴族として、幼い頃から聖女様に関する一通りの知識を教え込まれています。あなたさえよろしければレクチャーしますよ」

嫌だ。シリル団長とマンツーマンでお勉強だなんて、そんな時間は罰ゲームでしかない。

しかも、私は聖女についてかなり詳しいから、正解を答え過ぎて怪しまれる未来しか見えない。

「ほほほ、私は自主学習がはかどるタイプなんです。シリル団長は遠い遠いところから、私を見守っていてください」

「フィーア……」

心配そうな表情で見つめられたけれど、ここで負けてなるものかとにこりと微笑む。

「大丈夫ですよ！　私は追い込まれれば、力を発揮するタイプですから」

「私の見立てでは、既にあなたは追い込まれています。それなのに、その状況に気付いていないことが問題だと思います」

「ああー、シリル団長にとってはそうかもしれませんが、私にとってはまだまだ余裕がある状態です。ほほほ、くぐり抜けた死線の数の違いですかね」

「フィーア……」

シリル団長から残念な者を見る目つきで見られたけれど、団長が私の人生の全てを知っているはずはないため、言い切ることが大切だと自信満々な態度を崩さないことにする。

それに、前世ではたくさんの戦闘経験があるのだから、あながち嘘でもないのだ。

「大丈夫です！　任せてください！　団長の部下は案外できますから」

私の自信に満ちた態度が功を奏したのか、シリル団長は心配そうな様子を見せながらも、しぶしぶ引き下がってくれた。

そんな風にやっとのことでシリル団長を撃退したというのに、翌日にはセルリアンが押しかけてきた。

どうやらセルリアンもシリル団長と同様、自分の行いを反省し、罪悪感と使命感に駆られたようだ。

「フィーア、王城の図書室から聖女に関する本を持ってきたよ！　これらは全部禁書だから、王族以外は手に取ることもできないものだ。これらを読んで、他の聖女たちと差を付けるんだ」

セルリアンは両手に10冊近い本を持ってよたよたと近付いてくると、私の目の前の机にどんと置いた。

うう一ん、自習室で静かに読書を楽しんでいたのに、よく分からない本をたくさん持ってこられたわよ。

私は用心深い表情で一番上に積まれた本を手に取ると、タイトルに目を通す。

古めかしい本の表紙には、飾り文字で『〈真実版〉騎士団長たちは見た！　大聖女様の危険なお茶会』と記してあった。

「いや、これは全く役に立たない本よね！　主催者は大聖女様かもしれないけれど、お茶会の話を読んで、一体どんな知識が身に付くというのかしら!?」

セルリアンったら何て本を持ってきたのかしら、と思いながらもう1冊手に取ってみる。

「次の本は……『大聖女様の夢見る詩歌集』。ほほほ、どうして大聖女様の黒歴史が、禁書になって王城の図書室に後生大事にしまってあるのかしら！　何か1つくらい、まともな本はないの？」

禁書にするほど大事な蔵書であることは分かっていたけれど、私は放り出すように詩歌集を机の上に置くと、さらにもう1冊手に取った。

「あら、この本は装丁が綺麗ね。……『イケメン筆頭公爵様の優雅な一日』。こ、これはもはや聖女関連の本でもないじゃない！　シリウ……300年前の近衛騎士団長のことを面白おかしく書いた本だわ!!」

びっくりするほど役に立たない本ばかりを積み上げられたことに気付いて目を剝《む》くと、セルリアンは困った様子で肩を竦めた。

「いや、そうは言うけど、大聖女様のことといったら、この国で最も重要な事柄だよ。だから、聖女関連の禁書といえば、大聖女様に関するものばかりだ」

そんな馬鹿な。大聖女のお茶会や詩歌情報が、この国の重要事案だとでも言うのかしら。

さらには、大聖女の近衛騎士団長だったシリウスをモデルにした本までもが禁書ですって？

そんなものよりも、300年前の薬草図鑑を残しておくべきじゃないかしら。

「セルリアン、せっかく持ってきてもらって悪いのだけど、私に必要な本はこの中に1冊もないみたいよ」

「フィーア、聖女たちのような女性だらけの世界では、いかに最初にマウントを取るかが大事なんだよ。出会い頭《がしら》に誰も知らない大聖女様の話をぶっ放したら、絶対に聖女たちはビビるから！」

「ビビられてしまったら、彼女たちの魔法が実力通り発揮されないかもしれないじゃない。私は聖女たちのすごい魔法が見たいのよ」

その言葉を聞いてやっと、セルリアンは私が選定会に参加する目的を思い出したようだ。

「……そうだったね。フィーアは聖女に希望を抱いているの？」

「もちろんよ！」

自信満々に答えると、セルリアンは言葉に詰まった。

「そうか。……それは、邪魔をしたね」

彼は何とも形容しがたい表情を浮かべると、机の上の本をもう一度抱え上げ、ふらふらと去っていった。

◇　◇　◇

「……というようなことばっかりだったから、この1週間は、改めて自分を常識人だと再認識する日々だったわ」

回想から戻った私は独り言《ご》ちると、筆頭聖女選定会の開会式が執り行われる部屋をぐるりと見回した。

私がいるのは王城の広間で、いかにも儀式や式典に使用されるような煌《きら》びやかな空間だった。

部屋は広く、天井も高く、さらには見上げた天井いっぱいに、王国に関する伝説や歴史が主題の天井画がびっちり描いてある。

左右の壁には大理石の付け柱が等間隔に並び、その柱頭には黄金の飾りが埋め込んであった。

明るい時間帯にもかかわらず、シャンデリアは全て灯《とも》され、王城の権威と豪奢《ごうしゃ》さをあますところなく示す空間になっている。

広間の最奥には一段高くなった場所があったので、偉い人が来るのだろうなと思いながら、その前に並べてある10脚ほどの椅子に向かって歩いていった。

近付いてみると、椅子には既に聖女たちが座っており、皆白色や赤色のいかにも聖女らしい服を着用していた。

「あっ、よかったわ。ドリーにもらった服を着てきて正解ね！　これなら彼女たちの中に紛れ込んでも違和感はないはずよ」

自前の服でなく、なんちゃって聖女の衣装を着てきてよかったわ、と満足しながら空いている席に座ったけれど……隣に座る聖女からじろりと顔を見つめられる。

けれど、それは仕方がないことだろう。

なぜなら今日の私は、顔全体を隠すような真っ白いベールを被《かぶ》っているのだから。

私自身も理由が分かっていないけれど、シリル団長から選定会で被るようにとこのベールを渡されたのだ。

几帳面《きちょうめん》なシリル団長のことだから、私が言いつけを守っているかどうか必ず確認しに来るはずだ。

そのことを見越して、とっても従順な私はベールを被っているんだけど、これは一体何なのかしら。

他の聖女たちは何も被っていないし、取ってもいいだろうか……と、ベールを外しかけた私だったけれど、次の瞬間、慌ててもう一度ベールを深く顔に被せた。

というのも、中央の扉が開かれ、規則正しい足音を響かせながら20名ほどの騎士が入室してきたからだ。

「えっ、騎士？　まさか知り合いがいるってことは……ひっ、全員が白い騎士服!?」

我が黒竜騎士団では、副団長以上しか白い騎士服は着用できなかったはずだけど……と確認すると、誰もがサッシュを身に着けていた。

恐ろしいことに、全員が騎士団長のようだ。

やばい。ということは関係者だらけじゃないの！

バレたら面倒くさいことになりそうだから、素顔を晒すわけにはいかないわね!!

ベールを両手で押さえ、びくびくしながら横目で見ると、残念なことに顔見知りの騎士団長が全員揃っていて、彼らの誰もが顔も視線も動かさないのに、こちらを観察していることがびしばしと伝わってきた。

ってきた。

全員が席に着いたところで、再び横の扉が開き、ローレンス国王（影武者）とサヴィス総長が入ってくる。

久しぶりに見たローレンス王の影武者は豪奢な金髪を持つ青年で、黒髪のサヴィス総長と並ぶと、どちらも引き立って見えるという不思議な効果をもたらしていた。

思わず見とれていると、一段高い位置に置かれている椅子に王が座り、その斜め後ろに総長が立つ。

ローレンス王は着座のまま、目の前に並べられた椅子に座る聖女たちを見回すと、選定会の開会を宣言した。

「本日は我が国の誉《ほま》れある聖女たちが一堂に会したことを嬉しく思う。これより我が国の次代を担う聖女を選定すべく、筆頭聖女選定会を開催する！」

その瞬間、会場の雰囲気がぴりりと引き締まったように感じた。

◇　◇　◇

国王は開会を宣言するとすぐに、取り仕切る役をサヴィス総長と交代した。

総長は表情を変えないまま一歩前に進み出ると、事務官たちに向かって合図をする。

すると、事務官の1人が立ち上がり、選定会の概要について説明を始めた。

「これより約2週間にわたって、次代の筆頭聖女を選定するための会を実施します。参加する聖女は12名です。全部で3回の審査を行い、それぞれの回が終了するごとに筆頭聖女、王弟殿下、大主教2名、代表貴族の計5名で審査を行います。最終的には全ての審査結果を総合的に勘案し、聖女の能力に応じて順位付けを行うことになります」

あら、サヴィス総長と王太后も選定委員に含まれているのね。

というか、王太后が選定委員であるなら、王太后が推薦したローズ聖女が有利になるんじゃないかしら。

とは思ったものの、そんなことは皆分かっているから、筆頭聖女の特権なのだろう。

選定委員は全員臨席しているとのことで、一人一人紹介される。

イアサント王太后、サヴィス総長、ガザード大主教、サザランド大主教、それから代表貴族のバルフォア公爵の5名だった。

……たまただけど、全員に少しだけ面識があったり、縁があったりするわね。

サヴィス総長は騎士団の上司だし、イアサント王太后は総長の母親だ。

それから、大主教は――それぞれの教会には主教が配置されており、複数の主教を束ねる者として、地域ごとに大主教が派遣されているのだけれど――ガザード地域とサザランド地域の大主教が選定委員として選出されていた。

　事務官の説明によると、今回参加する聖女たちの出身地域と被らない地域の大主教が選ばれたとのことだけれど、ガザード地域はザビリアが棲んでいた霊峰黒嶽《れいほうこくがく》がある場所だし、サザランドは私が大聖女の生まれ変わりだと見做された場所だ。

　すごい偶然があるものねと思いながら選定委員を眺めていると、最後に貴族代表としてバルフォア公爵が紹介された。

　バルフォア公爵と言えば、言わずと知れた道化師のロンだ。

　貴族の頂点は公爵だから、多分、三大公爵のうちの1人が選定委員になる予定だったのだろう。

　勝手な推測だけど、養女が選定会に参加するのでオルコット公爵は不適、サザランド大主教が選定委員として選出されているので、地域が重複するサザランド公爵は不適と、消去法でバルフォア公爵が選ばれたのではないだろうか。

　うーん、私がたまたま選定委員たちと接点があるから、世間は狭いような気がするけれど、普通に考えたら滅多にお目に掛かれる方たちではないはずだ。

　きっと他の方法で選定委員を選べ、と言われてもこれ以上適切な選び方はなく、バランスよく選出されているのだろうなと考えていると、事務官が審査について説明を始めた。

「これより別会場に移動して、第一次審査を行います。第一次審査は病気の方を治す審査になります。審査は5日かけて行いますが、内容の詳細は審査会場にてご説明します」

　どうやら王城から別の場所に移動するようだ。

事務官の説明に従い、私を含めた聖女たちは広間を出ていくことになったため、椅子から立ち上がる。

一方、騎士団長たちは移動する様子を見せなかったので、どうやら開会式のみの参加のようだ。

いくらベールを被っているとはいえ、同じ部屋にいると私が誰であるかを見破られる危険が大きくなるため、早々に別れられてよかったわと胸を撫で下ろす。

けれど、広間を退出する間中、騎士団長たちの視線が背中に突き刺さっているように感じたため、疑われているのかもしれないとドキリとした。

これは何とかして誤魔化さないといけないわねと、必死に頭を働かせた結果、歩き方でバレないようスキップで広間を出ていくことを思いつく。

私は天才だわ、と自画自賛しながら、早速アイディアを実践した。

団長たちは私のスキップ姿なんて見たことがないから、もしも疑って私のことをじっと見つめていたとしても、これで見破られることはなくなるはずだ。

素晴らしいアイディアを閃《ひらめ》いたことに加えて、とっても上手にスキップができたことが嬉しくなり、笑い出したい気分になったけれど、我慢して唇を噛み締める。

ああー、デズモンド団長にはいつだって『お気楽だな』と羨ましがられるけれど、私も人知れず努力をしているのだ。

そのことをぜひ分かってほしいわね、と思いながら私はスキップをし続けたのだった。

長い廊下を歩いて辿《たど》り着いたのは、広々とした別室だった。

テーブルが5、6台並べてあり、その周りにそれぞれ椅子が複数脚配置されている。

馬車の準備ができるまではこの部屋で待機するように言われたため、用意されていた椅子の1つに座ると、私はこれ幸いとベールを取った。

なるほど、このベールは何のためのものかと不思議に思っていたけれど、私が聖女として選定会に参加することを、騎士団長たちから隠すためのアイテムだったのね。

一方、聖女たちはベールを被っていた私が気になっていたようで、顔を晒した途端、一斉にじろじろと見つめられる。

まあ、そうよね。全員が素顔を晒しているところに、1人だけベールを被った聖女が交じっていたら、怪しさ満点よねと思いながら、皆の視線を受け止めた。

一目見たら、私が無害であることを分かってもらえると思っていたけれど、聖女たちは私の顔を確認した途端、ぎょっとしたように目を見開いたり、ぐっと唇を嚙み締めたりしたので、どういうことかしらと目をぱちくりさせる。

もしかしたら顔に何か付いているのかもしれない、と心配になって撫で回したけれど、顔には何も付いていなかった。

そうであれば、私の顔に見覚えがないことを不審に思っているのかしら、と笑顔を向ける。

怪しい人ではありませんよー、と示すためだったけれど、皆からふいっと顔を逸《そ》らされたので、安心してもらえなかったのかもしれない。

……と、考えたところで、シリル団長が『赤い髪のあなたが聖女であると宣言すれば、聖女様方の中に大きな衝撃が走るはずです』と言っていたことを思い出した。

ああー、もしも顔を背けられた原因が私の髪色ならば、どうしようもないわね。

時間が経てば、私が無害ということは分かってもらえるでしょう、と私は椅子に背中を預ける。

辺りを見回すと、聖女たちは椅子に座って、思い思いに好きなことをやっていた。

窓際の椅子にローズ聖女が座っていたので、私は立ち上がると彼女に近付いていく。

シリル団長の希望は、一度でいいから私がローズ聖女を上回って、彼女を動揺させてほしいということだった。

というのも、シリル団長は王太后をよく思っておらず、その弟子であるローズも王太后と同じような考えを受け継いでいる可能性が高いので、サヴィス総長の未来の妃として相応しくないと考えているからだ。

けれど、私がローズの足を引っ張ることの是非が分からないと述べると、私に判断を任せてくれたのだから、団長自身もまだ何をすべきか迷っているのじゃないだろうか。

いずれにせよ、シリル団長と約束したから、ローズが次代の筆頭聖女に相応しい聖女かどうかを確認しなければいけない。

それだけではなく、サヴィス総長が一目惚れするほど素晴らしく、騎士たちに優しい聖女を探さなければいけない。

ううーん、やることが多いわね。

とりあえず、第一次審査では無茶をせず、ローズの様子を見ることにしようかしら。

というよりも、彼女がどのような聖女かを見極めるためにも、話ができる間柄になっておきたいわよね。

そう考えた私は、笑みを浮かべるとローズに声を掛けたのだった。

「こんにちは、ローズ聖女」

◇　◇　◇

窓の外を眺めていたローズは、無表情に私を見上げてきた。

前回会った時も思ったけれど、彼女はすごく落ち着いていて、感情の揺らぎがほとんどない。

今だって、緊張している様子もなく、静かに座っていた。

「よかったら話をしてもいいかしら？　1人でいたいのならば、別の機会に声を掛けるわね」

第一次審査を前に1人で心を落ち着けたいかもしれないから、その場合は邪魔をしてはいけないわ、と思いながら尋ねると、ローズは表情を変えないまま口を開いた。

「問題ないわ。あなた、やっぱり聖女だったのね」

私はにこりと微笑むと、ローズと向かい合う椅子に腰を下ろす。

ローズは私の一連の動作をじっと見つめていたけれど、私が着席するとすぐに口を開いた。

「これまであなたを見たことがないから、教会に所属している聖女ではないわね。国王がずっと秘《ひ》匿《とく》していたの？」

私は嘘にならないように気を付けながら言葉を返す。

「そうね、私はずっと聖女とは関係ない暮らしをしていたわ。そして、この選定会に出るように言ってくれたのは国王だわ」

ただし、セルリアン自身は私のことを聖女だと思っておらず、聖石に頼っているなんちゃって聖女だと考えているのだけど。

「私は教会の教えを一切受けていないから、一般的な聖女の知識が欠けているかもしれないわ」

というか、そもそも私の聖女の知識は３００年前のものなのよね。

いくら現代の回復魔法が劣化しているとはいえ、３００年の間に進化した部分もあるはずだから、色々と教えてほしいわよね。

「もしよかったら、聖女について色々と教えてもらえると嬉しいわ。代わりに、私に分かることがあれば、何でも教えるわ」

これでも前世では大聖女と呼ばれていたのだから、聖女としての知識はなかなかのものだと思うのよね。

　おかしな提案をしたつもりはなかったけれど、ローズは異なる捉え方をしたようで、不快そうに片方の眉を上げた。

「フィーアは図々《ずうずう》しいのね。これから筆頭聖女の選定会が行われるのよ。その前に、どうして私が現筆頭聖女から教授された至高の技の数々をあなたに教えなければならないの」

「えっ」

　確かに現筆頭聖女である王太后は、今世で最高の技術を持っているはずだから、ローズが身に付けているのは至高の技術で間違いないだろう。

「それに、フィーアが国王に秘匿されていたとしても、高名な聖女に師事していないのであれば、大した技術があるはずもないわ。そんなあなたから教わることはないし、むしろあなたが私を陥れるために虚偽の技を教える可能性が高いわよね」

「私はそんなことしないわ」

　ローズは何か誤解しているようね、と私は慌てて否定する。

　それから、常々思っていたことを提案した。

「聖女の数は限られているから、皆が持っている知識を持ち寄って、共有すべきじゃないかしら。私はそう考えているから、知っていることは何だって教えるし、誤った情報を提供したりしないわ」

ローズは頑固そうな表情を浮かべたまま首を横に振る。

「知識の共有なんてとんでもないわ。この場にいるのは全員、筆頭聖女になりたい者ばかりよ。あなただってそう。だから、私に近付いてきたのは、私の知識をかすめ取って、さらには私に誤った知識を与えて蹴落《けお》とすためでしょう」

困ったわ。私は話の持っていき方を間違えたのかしら。

一度誤解を与えてしまった以上、この場ですぐに正すのは難しい気がするわ。

どうしたものかしら、と困っていると、扉が開いて事務官が入ってきた。

「馬車の準備ができましたので、これから審査会場に移動します」

ローズは素早く立ち上がると、私を見下ろしてきた。

「私のことを世間知らずの御しやすい相手だと考えていたのならばお生憎様《あいにくさま》ね！　私が得た知識は私だけのものよ」

それは違うのじゃないかしら。

知識も技術も皆と共有してこそ広まるし、多くの人を救うことができるのに。

ローズの頑なな表情を見て、今すぐの説得は難しいと思った私は、どうしたものかしらと考えながら、事務官の後に付いていった。


その後、選定会に参加する聖女は、４人ずつに分かれて馬車に乗り込んだ。

ランチの席で、ファビアンからとんでもないことを言われた。

「フィーア、数日前からクェンティン団長が君の周りをウロウロしているようだね」

「ぐっ！」

さすが聡明なるファビアンだ。とうとう気付いてしまったようね、と私は食べていたパンを喉に詰まらせながら同期を見上げる。

それから、きらきらと王子様のような笑みを浮かべるファビアンを前に、「そうなのよ」と肩を落とした。

ことの起こりは数日前だ。

私の大切なお友達であるザビリアが、『王になる』と言って霊峰黒嶽に旅立ってしまった。

にもかかわらず、私は寂しさでしょんぼりしていられなかった。

ザビリアが置き土産として、大変なものを残していったからだ。

何とザビリアに心酔しているクェンティン団長に、『フィーアを預けていくよ。僕が戻るまで、必ずその命をつないでね』と言ってしまったのだ。

私にとって残念なことに、クェンティン団長はザビリアの言葉を２００％真剣に受け取った。

そして、護衛騎士よろしく、私を守ろうと周りをウロウロし始めたのだ。

本人はこっそり護衛をしているつもりのようだけれど、あれほど体の大きい騎士団長が目立たないはずがない。

かくしてわずか数日で、ファビアンに見つかったというわけだ。

「ファビアンの言う通り、クェンティン団長は私の周りをウロウロしているみたいね。ええと、魔物騎士団長だから他の人たちとは違う訓練をするんじゃないかしら。その訓練の一環でおかしなことをやっているのかな、と思っているんだけど」

自分でも苦しい言い訳だわと思っていると、ファビアンも同じように感じたようで、さらに突っ込んできた。

「たとえば？」

「た、たとえば!?　ええと、その、……新人騎士にくっついて、護衛の真似事をするとか？」

あ、事実をそのまま答えてしまったわと思ったけれど、私の言葉を聞いたファビアンは、そんなことがあるものかな、とばかりに顔をしかめた。

「フィーアの護衛をすることが、一体何の訓練になるのか分からないな。騎士団長と言ったら大した役職だよ。暇なはずないから、新人騎士にくっついて過ごす時間はないはずだ」

全くもってごもっともなご意見だ。

「ファビアンの言う通りね。だとしたら、きっと私たち一般の騎士には分からないような、崇高で重要な業務を行っているのでしょうね」

実際には、ザビリアの角ほしさに私の護衛をしているだけなんだけど、はっきり言うわけにはいかない。

私は誤魔化すための笑みを浮かべると、出来るだけ早くこの時間を終わらせようと、急いでランチを食べたのだった。


けれど、クェンティン団長の問題はこれだけでは終わらなかった。

その日の午後、シリル団長からも同じような質問をされたからだ。

「フィーア、クェンティンは何をしているのですか？」

その日はたまたま王城の庭でシリル団長に呼び止められ、少し話をしていたのだけれど、団長はふいに口を噤むと、中木の茂みに向かって鋭い視線を放った。

嫌な予感とともに茂みに視線を向けると、濡れ羽色の柔らかそうな髪が木々の間から覗いていた。

どうやらクェンティン団長は、今日もこっそり護衛業務を実施中のようだ。

そんなクェンティン団長に対して鋭い視線を向けるシリル団長は、不可解だとばかりの表情を浮かべる。

「ちっとも気配を消していないし、見つかることが前提の行動のようですね」

いいえ、さすがにそれはないでしょう。シリル団長が鋭いだけだと思います。

そう思ったけれど、騎士団長になる者は全員気配を消せるし、もっと上手に尾行ができるのだとシリル団長は教えてくれた。

「クェンティンは自分が尾行していることを、フィーアに知ってほしいのでしょうか？」

一体どうして、誰もかれもクェンティン団長の奇行の理由を私に尋ねてくるのかしら。

「私はクェンティン団長ではないので、団長の気持ちは分かりません！　気になるのでしたら、直接尋ねてみたらどうですか。そして、気に障るようでしたら、私に付きまとうのを止めるようクェンティン団長に言ったらどうですかね」

婉曲にクェンティン団長を注意してくれと言ってみたのだけれど、シリル団長は全く別のことに食いついてきた。

「クェンティンがフィーアを尾行しているのは今だけでなく、あなたにずっと付きまとっているのですか？」

シリル団長は驚いたように尋ねた後、はっとした様子で私とクェンティン団長を交互に見る。

「まさかクェンティンはフィーアに懸想しているのですか？」

「シリル団長の推測が当たっているかどうかは置いておいて、どうして絶対にあり得ないことみたいに言うんですかね」

シリル団長の驚きぶりが面白くなく、不満気にそう言うと、シリル団長は誤魔化すように微笑んだ。

「誤解です。フィーアはとても立派な騎士ですので、クェンティンが懸想したとしても不思議はありません」

「シリル団長、思ったことだけを口に出してください」

「ええ、フィーアはとても立派な騎士だと思います」

「あっ、クェンティン団長が私に懸想しているかもしれない、という言葉を削りましたね！」

シリル団長と言い合っていると、突然、諍いの原因であるクェンティン団長が茂みから飛び出してきた。

「フィーア様をいじめるな！」

「「えっ⁉」」

驚いてクェンティン団長を振り返ったシリル団長と私だったけれど……

「おやおや、有無を言わさず私を悪者にするのですか？」

先に気を取り直したシリル団長が、不服そうに片方の眉を上げた。

そんなシリル団長に対して、クェンティン団長は激した調子で言い返す。

「オレにとって、何が正解かなんてどうでもいいのだ！　正しかろうが、正しくなかろうが、オレはフィーア様を守る。それだけだ‼」

わあ、クェンティン団長はザビリアの一言を、異常なまでに遵守するつもりみたいね。

控えめに言っても、やり過ぎだわ！

事実を知っている私は、その常識外れの忠誠心にドン引きしたけれど、事実を知らないシリル団長は、大いなる誤解をしてドン引きしていた。

「恋は盲目と言いますが、ここまで常識外れの行動を取るものなのですね。恋とは何と恐ろしい」

「え？　恋？　え、シリル団長⁇」

一体何を言い出したのかしら、とシリル団長を見上げたけれど、残念なことに団長は真顔だった。

「あ、待って、これはヤバいやつだわ。フィクションなのに誤解が広まるやつよ」

という私の悪い予想は完璧に当たっていたようで、その後しばらくの間、『クェンティン団長がフィーアに懸想している説』が騎士団の中に流れたのだった。

全員が乗車したところで、3台の馬車が一斉に動き出す。

どうやら街へ向かっているようね、と思いながら同乗する3人の聖女たちに視線をやると、無表情のまま見つめ返された。

視線が合うということは興味の表れよね、と嬉しくなった私は、今度こそ誤解を与えないようにとにこやかに微笑む。

「こんにちは、フィーア・ルードです！　私は最近まで、王都から離れた場所にある自宅で過ごしていたので、皆さんと顔を合わせるのは初めてですね。私は教会にいたことがなく、聖女について詳しくないところがあるため、色々と教えてもらえると嬉しいです。逆に、私にできることがあれば何でもお手伝いするので、言ってくださいね」

私は一気にしゃべり過ぎたようで、聖女たちは用心深そうな表情を浮かべた。

先ほどローズと話をした時も誤解を招いてしまったことだし、私の会話術にまずいところがあって一歩引かれた態度を取られるのだろうか。

ううう、全員が無言で見つめてきたから、またダメなのかしらとがっかりしていると、1人の聖女がぶっきらぼうな調子で口を開いた。

「教会にいたことがないのなら、この選定会には特別推薦枠で参加しているの？」

「ええ、国王推薦枠よ」

興味を持たれたことが嬉しくて正直に返すと、私の言葉を聞いた聖女たちがぐっと唇を噛み締めた。

「そう。……あなたは本命の1人なのね」

「本命？」

まあ、ここでも本命という言葉が出てきたわよ。

騎士団内での『本命』は、『一番強い騎士』という意味だったから、この場合は『一番能力の高い聖女』ということかしら。

「それを選ぶための選定会じゃないのかしら？」

一番優れた聖女を選ぶために筆頭聖女選定会が開かれているのよね、と思いながら答えると、質問をしてきた聖女は肩を竦めた。

「建前はそうだけど、教会内で暮らしている聖女たちには、暗黙の了解として既に序列が付いているのよ。明確に順位を教えられたことはないけど、所属する教会や普段の立場から、皆何となく把握しているわ」

私の隣に座っていた2人目の聖女が、同意するかのように頷く。

「その通りね。だから、本日参加している教会推薦組の10名の中には、推定1位もいれば推定10位もいるってわけ。ちなみに、教会推薦組の上位3名は、全員が大聖堂所属だわ。この選定会で本気で1位を狙っている教会推薦組は、その3名くらいじゃないかしら」

3人目の聖女は諦めた様子で肩を竦めた。

「残りの教会推薦組は地域のバランスを考えて、王国各地から招集されたけど、大聖堂所属の聖女に比べると力が劣ることは誰だって分かっているわ。だから、地方から参集した聖女は皆、1位になるつもりはないんじゃないかしら。ちなみに、私は南部地域から呼ばれたから、王都観光をするつもりで来たの」

初対面にもかかわらず、3人ともあけすけに話してくれたことにびっくりする。

「あの……3人とも、とても気さくに話してくれるのね。とても嬉しいわ」

シャーロットやサザランドのサリエラ、ペイズ伯爵家のエステルと、優しい聖女はたくさんいたけれど、集団で接する場合はどうしても構えて話をされてばかりだったので、3人の態度に嬉しくなる。

正直にそのことを伝えると、呆れたように見つめられた。

「いや、これくらいで驚かれてもね。私に言わせれば、フィーアの方が変わっているわよ」

「そうそう、国王推薦なんて、教会推薦組ナンバー1のプリシラ聖女、筆頭聖女推薦のローズ聖女と争えるポジションじゃないの。さっきもローズ聖女に牽制《けんせい》されていたし、間違いなく意識されているわよね。この場につんとして口もきかない聖女がいるとしたら、あなたの方でしょう。しかも、そんなに赤い髪をしているんだから、威張《いば》り腐っていても不思議じゃないわ」

「本当に見事な赤い髪をしているのね。そんな髪色の聖女なら、私たちなんて相手にならないわと天を仰《あお》いでいるのが普通よ」

ぽんぽんと飛び出てくる言葉に目を丸くする。

まあ、とってもフレンドリーな態度だけど、これが仲間意識というやつかしら。

私が聖女だと思っているから、皆は親切に話をしてくれるのかもしれないわ。

そして、実際に私は聖女だから、騙しているわけではないし。

そう考えながら、聖女たちと仲良く話せることが嬉しくなった私は、にこりと微笑んだのだった。

◇　◇　◇

馬車に同乗している聖女たちは、アナ、メロディ、ケイティと名乗った。

アナは18歳で朱色の髪の東部出身、メロディは22歳で茶色い髪の西部出身、ケイティは25歳で葡《ぶ》萄色《どういろ》の髪の南部出身とのことだ。

3人ともよくしゃべるタイプのようで、馬車の中でずっと話し続けていた。

初めのうちは選定会に参加することになった経緯をそれぞれ話していたのだけれど、いつの間にか最終日に行われる聖女の順位付けの話にシフトする。

「1位になったら、国王の妃になるんでしょう？　でも、女性嫌いだと評判だから、そんな方の妃になっても苦労するんじゃないかしら」

セルリアンがサヴィス総長に近々王位を譲る話は公表されていないので、聖女たちは新たな筆頭

聖女が国王と結婚すると思っているらしい。

というか、国王と結婚することを想像した3人の聖女が顔をしかめたのを見て、筆頭聖女になりたくない聖女たちがいることにびっくりする。

選定会に参加する聖女については、これまでプリシラとローズしか知らなかったため、全員が筆頭聖女になりたがっているものだと思い込んでいた。

けれど、中には、筆頭聖女になると付随してくる特典が気に入らない聖女もいるようだ。

彼女たちが言う『国王』とは影武者のことだろうけど、セルリアンが貶《けな》されたような気持ちになって口をへの字にしていると、アナが頬杖《ほおづえ》をつきながら続けた。

「相手が絶世の美女ならば諦めもつくけれど、ムキムキマッチョの男性と国王を取り合って負けたりしたら、一生立ち直れないわー」

実際にはあり得ない想像だけど、確かにそれは自信を喪失するわねと頷く。

その間に、メロディが話を引き取った。

「それから、次席聖女のお相手は王弟でしょ。開会式に出席されていたのを見たけど、ものすごい迫力だったわ。騎士団のトップだから威圧感があるし、側にいると緊張して気が休まりそうにないわ。顔はものすごくよかったし、背も高くてカッコよかったけど、遠くからうっとりと見つめているべき相手で、結婚する相手じゃないわよね。無駄なことは一切しゃべらないし、笑顔もないから、一緒に暮らすのは大変そうだもの」

　ああー、内情を知っている騎士の私からすると、サヴィス総長はものすごく頼りになるし、魅力的なのだけど、外側から見えるものだけで判断すると、厳しそうな印象を受けるのかもしれない。

　王弟の立場であれば、お飾りの総長職でもおかしくないのに、サヴィス総長はガッチガチの騎士だから、第一印象は怖く感じるのでしょうね。

　最後にケイティが皆の意見をまとめるかのように口を開いた。

「3位以下の聖女は貴族に嫁ぐらしいから、王族に嫁ぐより気楽よね！　希望を言わせてもらうなら、上位の聖女の結婚相手は高位貴族で大変そうだから、御免こうむりたいわ。案外、10位くらいが一番いいんじゃないかしら」

　ううーん、この聖女たちはある意味すごいわね。

　教会内で推定順位が付いているからでもあるのだろうけど、聖女としての自分の立ち位置がどの程度かには関心がなく、付随事項の結婚についてのみ興味を示しているわよ。

　そして、結婚相手を勘案した結果、サヴィス総長は『楽じゃない』と判断されたわよ。

　だけど、サヴィス総長にぴったりの聖女を探しに来た私からすると、それじゃあ困るのよね。

　ほほほ、ここは私がサヴィス総長の素晴らしさを披露する場面じゃないかしら。

「お言葉だけど、私はサヴィス総長がとっても素敵だと思うわよ！　メロディの言った通りイケメンだし、強いからどんな悪漢からも守ってくれるはずよ。それに、たくさんの女性に愛想を振りまくよりは、硬派の方がいいんじゃないかしら。寡黙で何を考えているのか分からないところはあるけど、考え方によってはミステリアスだわ」

私の言葉を聞いた3人は一瞬押し黙った後、考えるかのように首を捻《ひね》った。

「フィーアの言葉はほとんど妄想で成り立っているんじゃないの？」

「見て分かる事実は、王弟がイケメンだってことだけよ」

「服から出ているのは顔だけでしょう。騎士団のトップというのは王弟に与えられた名誉職だろうから、実際には体も鍛えていなくて、脱いだら貧弱だと思うわよ」

「サヴィス総長が脱いだら貧弱!!」

逆にそんな総長を見てみたいわね。

「いやいや、サヴィス総長は脱いだらすごいと評判よ！　それはもう見事なシックスパックらしいから」

ことあるごとにザカリー団長がサヴィス総長の筋肉情報を伝えてくるから、間違いないはずだ。

そのことを思い出しながら力説したにもかかわらず、アナは疑わしそうに私を見やった。

「王族の長所って、99％誤情報だと思っているわ。王弟はイケメンだから、脱いだらすごいという夢を見ていたい気持ちは分かるけど、無理でしょうね。そもそも王族ってのは、我儘《わがまま》で自分勝手で扱いに困るようなタイプばっかりらしいわよ」

「いやいやいや、それはセル……国王には、もしかしたら当てはまるかもしれないけど、サヴィス総長には当てはまらないわよ。総長は思いやりがある公明正大な人物だもの。部下と食事をする時、威圧感を与えないようにと、騎士服ではなく私服を着てくる細やかさがあるのよ」

まあ、これは私の完全なる推測だけど。

「えっ、それは意外ね！　相手のことを思いやる方には見えなかったけど、そんなタイプなのね」

メロディが驚いた様子で尋ねてきたので、私はここぞとばかりに言い募る。

「そうよ！　志が高いし、頭がいいから、話をすると面白いわ。遊び心もあるから、一緒にいると楽しくもなるのよ」

騎士団のトップに対して、面白いとか楽しいとかいう表現は当てはまらないかもしれない。

そのため、ちょっとリップサービスが過ぎるような気もしたけれど、概《おおむ》ね嘘ではないはずだと胸を張る。

「第一印象では分からないものね」

ケイティが信じられないとばかりに頭を振った。

ここが攻めどころだと理解した私は、とっておきの話を披露する。

「総長はさらに気前がいいし、気遣いの達人なのよ！　以前、騎士の1人が自宅の武器庫にしまっていた古びた剣を総長に差し上げたことがあったの。そうしたら、代わりに総長が使用している高価な剣とお揃いのものをわざわざ作らせて、部下に下賜《かし》したのよ」

もちろんこの『騎士の1人』とは私のことだ。

自宅の武器庫にしまわれていた剣には特殊な方法で魔法を付与したため、滅多にないような強力な剣になったけど、……新たにもらった剣というのはその対価ではあったけれど、私の言葉に嘘はない。

思いつく限りのサヴィス総長とっておき話を披露したからか、3人は感心したように私を見つめてきた。

そのため、やっとサヴィス総長の素晴らしさが伝わったのね、と嬉しくなったけれど……

「フィーアったら、ものすごく王弟に詳しいのね！」

「途切れることなく王弟情報が飛び出てくるから、感心しちゃったわ!!」

「王弟情報を語らせたら、聖女一なのは間違いないわね!!」

「え!?　サヴィス総長の素晴らしさに感心したんじゃなくて、私に感心したの？」

想定外のことを言われたため、驚いて目を丸くする。

おかしいわ。私はこれでもかとサヴィス総長のお勧め情報を披露したのに、どうして情報自体でなく、それを伝えた私に着目するのかしら。

小首を傾げている間に、メロディとケイティが話を引き取った。

「サヴィス王弟に秘密のファンクラブがあるって聞いたことがあったけど、会員は全員男性騎士って話だったわ」

「基本はそうだけど、特別枠があって、選ばれし女性会員もいるってことだったわよ。ふふっ、フィーアは国王推薦枠で選定会に参加するくらいだから、国王のコネを使って特別女性会員になったんじゃないの？」

王弟だから国王とは兄弟だものね、いいコネを持っているわねー、と続けられる。

それから、３人は興味深そうに尋ねてきた。

「「「もしかしてあなたの本命は王弟なの？」」」

またもや本命が出てきたわねと思いながら、私はお馴染みとなった答えを口にする。

「ええ、その通りよ！　私の本命はサヴィス総長だわ!!」

３人はなぜだか急に、目をきらきらと輝かせてきた。

「まあ、そうなのね！　確かに王弟の外見は滅茶苦茶カッコいいわよね！」

「でも、その分女性が寄ってきそうじゃない。王族でもあるし、ああいうタイプが好きな女性には異様にモテるはずだから、苦労するんじゃないかしら」

「でも、女性がどれだけ近寄ってきても、心を動かされそうにないから大丈夫じゃないかしら。ふふ、こうなったら、フィーアがプリシラ聖女かローズ聖女を蹴落として、２位になるしかないわね!!」

なぜだかサヴィス総長のお相手に、と勧められたため慌てて否定する。

「え？　それは恐れ多いから結構よ！　私はむしろ順位が付かないくらいの覚悟でいるから!!」

そもそも順位が付けられる前に途中で抜けるつもりだしね。

「フィーアったら、そんなに赤い髪をしているのに謙虚なのね！　やだー、私はこういう遠くから見守る系の娘って好きなのよ」

「分かるわー、自信満々のプリシラ聖女や、王太后の威光を笠《かさ》に着ているローズ聖女は鼻持ちならないから、フィーアに頑張ってほしいわよね」

「うんうん、私もシンデレラロマンスって好きだわー」

盛り上がる3人を見て、楽しそうねと笑みを浮かべたところで、はたと気が付く。

……あれ？　そう言えば、私が聖石を使う場面はローズ以外に見られないよう配慮する、とシリル団長が言っていたわよね。

全部お任せしていたけど、実行するためには、聖女たちと仲良くなってはいけないような気がしてきたわよ。

もしかして選定会の開会式で被っていたベールは、騎士団長避《よ》けのためでなく、聖女避けのためのものだった、なんてことがあり得るのかしら？

そう言えば、シリル団長からは『選定会で被るように』と言われたのであって、『選定会の開会式で』と限定されなかったわよね。

つまり、私は聖女たちと仲良くならずに、選定会の間中ずーっとベールを被って皆から離れているべきだったのかしら。

「そうだとしたら、シリル団長の説明不足よね」

私は口の中でぼそりとつぶやくと、頭を抱えた。

ああー、団長は一を聞いて十を知るところがあるから、他人も同じようなものだと考えて説明を怠ることがあるのよね。その悪い癖がここで出たのかしら。

だけど、聖女たちと仲良くならなければ、誰がサヴィス総長にぴったりなのか分からないわよね。

いや、『サヴィス総長が一目惚れするような聖女を見つけてくる』というのは、私が勝手に言い出したことで、シリル団長はむしろ止めていたんだったかしら。

うう、ますます私はベールを被り続けていなければならなかった気がしてきたわ。

でも、聖女たちに回復魔法を見せてもらいながら、私の魔法を一切見せないなんて、それはとっても失礼よね。

選定会は優秀な聖女たちが一堂に会する滅多にない機会だから、一緒に魔法を使って、学び合う場にすべきじゃないかしら。

どうせ何かあったら、聖石のせいにすればいいんだし。

これまで彼女たちと面識がなかったことからして、元々、滅多に会えない相手だろうから、選定会後は二度と会うことはないはずだ。

そうであれば、少しくらい顔を見せてもどうということはないんじゃないかしら。

どのみち、今さらベールを被れ、と言われても時既に遅し、よね。

そう考えながら馬車を下りると、そこにはシリル団長とカーティス団長が待っていた。

有能そうに辺りに目を配っていた2人だったけれど、私を見た途端にぎょっとした様子で一歩後ろに下がる。

「フィーア！」

「フィー様！」

　まあ、初対面の振りをする場面で、まるで知り合いであるかのように名前を呼ぶなんて、よっぽど動揺しているのね。

　そんな2人の態度から、どうやらベールを被り続けることが正解だったようだわ、と私は答えを知ったのだった。

64　筆頭聖女選定会　第一次審査

馬車から下りた場所は、立派な建物の玄関前だった。

馬車が停《と》められた場所から建物の入り口まで、外から中を窺い知ることができないように背の高い衝立《ついたて》がいくつも置かれている。

どうやら選定会に参加する聖女は一般の人々の目に触れさせない、というシリル団長の約束は果たされているようだ。

問題は私が既にベールを外してしまったことなのよね……と思ったけれど、やってしまったものは仕方がないので諦めることにする。

一方のシリル団長とカーティス団長は諦めが悪いようで、信じられないとばかりに目を見開いて絶句していた。

そのため、私は重々しい表情を作ると、2人に近付いていく。

「ベールを外さざるを得ない、大変な事件が起きまして」

小声で伝えたところ、2人はその言葉だけでは納得しなかったようで、私の腕を掴むと詳細を尋ねてきた。

「「どういうことですか？」」

えっ、それはまだ考えていないんだけど。

とは思ったものの、こういう場合はスピードが大事だと知っているので、とりあえず口を開く。

「大きな声では言えませんが、文官の1人にウィッグを着用している方がいらっしゃいまして、不運にも風で飛ばされてしまったのです」

「はあ」

何を言い出すんだとばかりに、シリル団長が気の抜けた相槌《あいづち》を打つ。

「そうしたら、ウィッグの下からぴかぴかの頭が現れまして、今は秋真っただ中ですから寒さで風邪を引いてはいけないと、咄嗟《とっさ》にベールを外してその方の頭を覆ったのです」

「……へー、それは人助けをしましたね？」

シリル団長がなぜだか疑問形で返事をする。

私は生真面目な表情を作ると、その通りだと大きく頷いた。

「そうなんです、完全なる人助けですね！　ということで、やんごとなき理由でベールを外さざるを得なかったというわけです!!」

「………………」

もはや相槌を打つ気もなくなった様子のシリル団長に代わり、カーティス団長が苦悩した様子で眉間にしわを寄せた。

「フィー様の慈悲深さは存じ上げておりますが、そこは手を差し伸べるべきではありませんでした!!」

「えっ？　あっ、ええ、そうかもしれないわね」

というか、全ては創作なのよね。

カーティス団長が信じ切っている様子なのには心が痛むけど、嘘だとバレたらお説教されるだけだから、ここは創作話で押し通してしまおう。

もしも実際に、今披露したような場面に遭遇したら、きっと私は文官の頭にベールを被せるはずだし、今回はたまたまそんな場面に遭遇しなかっただけだと考えることにしよう。

「ごもっともな意見ではあるけれど、既にベールを外してしまったわ。全ての聖女に顔を見られてしまったことだし、もうこのままでいいんじゃないかしら」

「…………」

一瞬押し黙ったカーティス団長だったけれど、すぐにはっとした様子で口を開いた。

「しかし、今回の会場は病院になっています！　不特定多数の者が入院していますので、このままでは彼らにフィー様の姿を見られることになります。それを避けるためにも、今からでもベールを被ることをお勧めします」

ああ、この建物は病院なのね。

第一次審査では病気の方を治すということだったから、入院患者が対象なのかしら。

「カーティスの心配は分かるけど、ちらりと顔を合わせた相手のことをいつまでも覚えているものかしら。多分、人々は聖女のことを衣装込みで記憶するから、後日、騎士服姿の私を見ても、気付かないと思うわよ」

王都にはものすごくたくさんの人が住んでいて、毎日多くの人と出会ったり、かかわったりしているのだ。

たまたまちょっと私と顔を合わせたとして、そんなに長い間覚えているものだろうか。

さらに、後日、騎士服を着用したきりりとした私と出会ったとして、『あの時の慈愛に満ちた聖女様だ！』と思うものだろうか。

思わないわよねー、と1人で納得していたところ、カーティス団長が真剣な表情で言い返してきた。

「フィー様のことを目にして、覚えていないですって？　あり得ないことです!!」

出たわよ、カーティス団長の私贔屓《びいき》が。

そもそもカーティス団長は人一倍心配性だから、懸念事項を全て潰さないと安心できないのよね。

けれど、カーティス団長の心配事全てに付き合っていたら、ガッチガチに縛られて何もできなくなるから、どこかで妥協してもらえないかしら。

というか、ここは病院だから、自分のことだけじゃなくて入院患者の気持ちを考えないといけないわよね。

「カーティス、第一次審査の内容がこの病院の患者を治すことだとしたら、皆さんはベールを被っている怪し気な聖女を嫌がるんじゃないかしら?」

カーティス団長はびくりと体を跳ねさせたけれど、迷う様子もなく言い切った。

「たとえそうだとしても、一番大事なのはフィー様です!!」

全く意見を曲げようとしないカーティス団長を安心させようと言葉を続ける。

「心配しなくても大丈夫よ。誰だって騎士と聖女を兼務するとは考えもしないから、後日、騎士服姿のきりりとした私を見たとしても、病院で出会った聖女だとは思わないわよ」

私たちの会話を聞いていたシリル団長が、隣から口を差し挟んできた。

「確かに聖女様が他の職業に就くとは、誰も考えないでしょうね。しかし、フィーアの赤い髪は見事ですから、この赤い色が皆の記憶に残るのではないでしょうか」

シリル団長ったら余計なことを言うわね。

「世の中には、自分のそっくりさんが3名いるらしいですよ。『あの時の聖女ですか?』と尋ねられたら、『人違いのそっくりさんです』と答えれば、皆さん納得しますよ」

私の言葉を聞いたシリル団長は顔をしかめた。

「聖女であることは大変なステータスのため、わざわざ隠そうとする者はいないでしょう。そのため、聖女であることを否定したら、相手が引く可能性は確かに大きいと思います。しかし、フィー

ア の想定は雑過ぎませんか」

雑と言うよりも、色々なパターンに対応できる柔軟なアイディアと言ってほしいわね。

「どのみち、私は審査の最後までいませんから、途中で消えた聖女のことなど誰も気にしませんよ。ちなみに私は今、シリル団長の言いつけを守って、ローズ聖女が危険な聖女なのかどうかを調査しているところです。調査した結果、必要があれば、ローズ聖女に『この世界には強大で脅威となる聖女がいるのだ』と知らしめて、私はぱぱっと選定会を後にしますから」

そこまで言ったところで、私は1つのことを思い出す。

「あっ、そう言えば、シリル団長に『ローズ聖女以外の者には私の魔法を見られないようにする』と約束してもらいましたけど、ベールを取ってしまったので不要になりましたね」

私の言葉を聞いたシリル団長とカーティス団長は、残念な者を見るような目で私の晒された顔に視線を定めた。

そんな2人に私は胸を張る。

「ですが、ご安心ください！　私の魔法を見て驚かれても、全て『聖石』のせいにしますから。そして、驚かれ過ぎないように、ローズ聖女以外の前では自重しますから」

2人は何か言い返したそうな表情をしていたけれど、聞いてもいいことはないと分かっていたので、「そろそろ行かないと！」と早口で言うと、制止される前に建物の中に走っていった。

同じ馬車に同乗していた3人の聖女は先に移動していたので、ぐずぐずするわけにはいかないのは事実なのだ。

建物に入ると、事務官の1人が待っていてくれたので、彼の案内に従って廊下を歩く。

会議室のような部屋に通されると、既に私以外の聖女は全員席に着いていた。

申し訳ない気持ちで急いで空いている席に座ると、隣にいたアナから興味深気に話しかけられる。

「さすがフィーア、国王推薦枠だから騎士たちとも顔馴染みなのね！　というか、２人ともすっごいイケメンだったわね!!」

私は渋い表情でアナを見つめた。

「アナ、あの２人の顔立ちに着目しているようじゃまだまだだよ。大事なのは中身だから」

２人の中身を知ったら、どれだけイケメンだろうとも浮かれてばかりはいられないわよ、とはっきり言いたいところだけど、理性を働かせて自重する。

というのも、シリル団長は公爵だから、上位の聖女に選ばれた参加者はシリル団長と結婚することになるかもしれない、と気が付いたからだ。

そうであれば、シリル団長の幸福のために、悪口に近い言葉は胸の中にしまっておこう。

おやおや、改めて考えると、私はものすごくシリル団長を思いやっているわよね。

それなのに、どうして上司を想うこの真心が、シリル団長に伝わらないのかしら。

不思議に思っている間に事務官が前に出てきて、審査会についての説明を始めた。

私は居住まいを正すと、話に集中する。

「こちらは王都で最も大きな病院になります。第一次審査はこの病院で5日間かけて行うため、聖女様方におかれましては、本日より5日の間、この病院に通っていただくことになります」

事前に説明されていた話によると、選定会が行われる間はずっと、聖女たちは王城で寝泊まりするとのことだった。

つまり、今日から5日間は、王城と病院を往復することになるのだろう。

「入院患者の病状は全て病院で把握しており、医師が診療録《カルテ》を作って保管しています。聖女様は自由にカルテの閲覧ができますので、閲覧を希望される方は私どもにお申し付けください」

なるほど、直接的ではないにしても、医師と協力して患者を治すのね。

「聖女様方におかれましては、患者を治癒される場合、事前に私どもにお伝えください。聖女様が治癒される際には必ず事務官が立ち会い、その後、医師とともに患者の回復具合を確認いたします。それから、私どもの方で病状と回復度合いをレポートにまとめます。最終的には5日間の成果レポートを選定委員に提出し、その内容をもとに審査結果を判断いただくことになります」

ということは、1回限りではなく、5日間を通した回復魔法の成果を評価されるのね。

「聖女様方は毎日病院に来る必要はありませんので、休養が必要だと思われる方は王城でお過ごしください。なお、第二次審査は第一次審査が終了した日の4日後に実施します。そのため、最終日に聖女様方が魔力を使い果たしたとしても、第二次審査に影響は出ません」

そう言えば、王城勤めの聖女であるドロテが、『大量に魔力を使用した場合、3日間は魔法を使用しません』と言っていた。

第二次審査は中3日空けて行われるとのことだから、魔力が枯渇した後3日間は魔法を使用しないというのは、教会が定めた聖女共通のルールなのかもしれない。

「最後に全ての審査を通して、選定委員が現地審査にうかがう場合があることをお伝えして説明を終わります」

ふうん、場合によっては筆頭聖女やサヴィス総長が見に来るということかしら。

「それでは、これから病室にご案内いたします」

事務官の言葉とともに、閉じられていた部屋の扉が開かれる。

私は他の聖女たちとともに立ち上がると、患者が待つ病室に向かったのだった。

◇　◇　◇

事務官の説明によると、病院の方針は自宅療養が基本のため、長くても数日間の入院しか許可されず、そもそも軽症の者は入院できないらしい。

しかしながら、この5日間に限っては選定会ということで、普段とは異なる措置が取られているとのことだった。

用意された病室は3つだ。

患者の重症度によって部屋が分けられているとのことで、軽症、中等症、重症と分類されていた。

病人の数はどの部屋も12名とのことだったので、選定会に参加する聖女が12名であることを考えると、1人の聖女が軽症、中等症、重症の患者を1人ずつ治療するよう見込んであるのだろう。

「うーん、評価ポイントはどうなっているのかしらね。軽症の者を多く治した方がいいのか、完治できないとしても重症の者に挑戦した方がいいのか」

アナが悩む様子でつぶやいたので、先ほど浮かんだ考えを口にする。

「軽症、中等症、重症の患者を1人ずつ治療したらどうかしら？　それぞれの患者数が聖女の数と一致するから、それを見込んでいると思うのよね」

アナは口をへの字に曲げた。

「それじゃあ選定会側の思う壺《つぼ》じゃないの。皆が同じことをしたら、選定委員側は順位を付けやすいわよね。そんな平均的な能力で聖女を測ってほしくないわ」

うん？　アナは聖女それぞれの能力の特性に着目して、聖女たちの長所を見ろと言っているのかしら。

とってもいいことを言うわね！

「そもそもそんなことができるオールマイティーな聖女はいないでしょう。回復魔法のかけ方にも癖や特徴があるから、軽症者を治すのが得意な者もいれば、重症者を治すのが得意な者もいるはずで、人それぞれ得意分野は異なるはずだわ」

続けて、メロディがごもっともな意見を述べたので大きく頷く。

「メロディの言う通りだわ！」

全面的に彼女の意見に同意していると、最後にケイティが力強く提案してきた。

「審査期間として5日間が与えられたのだから、まずは堅実に軽症者を治すべきじゃないかしら。それで、いけそうならばもう少し症状の重い患者を治してみるのはどう？　とりあえず、病室を見に行きましょう」

私は頷くと、馬車で一緒だったアナ、メロディ、ケイティとともに軽症者がいる部屋に向かった。

入り口でそれぞれカルテをもらい、目を通す。

「へー、医師のカルテって初めて見たけど、詳しく書いてあるのね」

「うん、悪い部位が特定してあるから、その部分に集中して魔法をかければいいのは助かるわ」

「そう言えば、国から『聖女は医師と協力して病人を治癒するよう努めること』って通知が出たわよね。教会の主教が『聖女の権威を下げるやり方だ』と憤慨して、取り合っていなかったけど」

3人はカルテを見ながら、感心した声を上げる。

私はふと思い出したことがあって立ち止まった。

そう言えば、以前オルコット公爵のロイドが同じようなことを言っていたわ。

『聖女様と医師が組み、前もって医師が調べていた疑わしい部位に回復魔法をかける方法が推奨されているが、聖女様はその方法を好まない』って。

聖女と医師を組ませることが、聖女不足を解消するための国の方針ならば、選定会に便乗して、聖女たちにその方法を試させようとしているのかしら。

選定会に参加するのはこの国でもトップクラスの聖女たちだから、彼女たちが医師と組むのはよい方法だと認めて取り入れるようになれば、自然と国中に広がっていくはずだもの。

まあ、いいことを考えたわね。

そう感心しながらカルテに目を通すと、確かに主な症状や所見が詳細に記載してあった。

「ああー、3人の言う通り、これはとっても便利ね！」

私は戸口に立つと、カルテから顔を上げて、部屋の中にいる患者を見回す。

「ん？」

視線が一人の患者に移ったところで思わず声を漏らすと、隣でアナが理解したとばかりに頷いた。

「分かるわ、思ったよりも患者が元気よね。顔色がいいし、互いに話をしたりしているもの。カルテを見ると、『咳が止まらない』とか『声がかすれる』とかの症状が書いてあるから、治癒するのにテクニックがいりそうだけれど、患者の状態は悪くないわ」

考える様子でカルテを見つめるアナに、私は戸惑いながら返事をする。

「あ、いえ、この部屋の患者が想像よりも元気だったから驚いたわけではなく、このカルテに書いてある……」

途中で口を噤むと、私は無言で3人の聖女を見つめた。

けれど、きょとりとした表情で見返されたので、何でもないと首を横に振る。

その時、苛立《いらだ》たし気な声が響いた。

「扉を塞がないでちょうだい！」

「あ、ごめんなさい」

慌てて端に避けると、プリシラが立っていた。

彼女は私を見ると、はっとした様子で目を見開いた後、ぷいと顔を逸らす。

その反応を見て、私が聖女として選定会に参加することについて、ロイドから何らかの説明を受けているようねと思う。

ロイドの説明内容が気になるところではあるけれど、プリシラは手に何も持っていない様子だったので、カルテを差し出した。

「どうぞ。参考になるかもしれないわ」

けれど、プリシラは不要だとばかりに手を振る。

「結構よ！　軽症者くらい、悪い部位が不明でも何とでもなるわ」

「そうなのね」

プリシラはカルテをもらい忘れたのかと思ったけれど、不要だと判断してもらわなかったのね。

彼女はこの部屋の患者たちを治癒するのかと思われたけれど、ぐるりと患者たちを見回した後、すぐに方向転換して入ってきた扉から出ていった。

その途端、アナが詰めていた息を吐き出す。

「ふー、出ていってくれてよかったわ！　プリシラ聖女はもったいぶっているから、他の聖女の前では回復魔法を使いたくないんじゃないかしら」

アナの言葉を聞いて首を傾げる。

「そんな様子じゃなかったわ。もしかしたらこの部屋の患者は全員元気だったから、もっと苦しんでいる方から救おうとしたのかもしれないわ」

「ええー、プリシラ聖女はそんな献身的なタイプじゃないでしょう！」

でも、それ以外にこの部屋を即座に出ていった理由が分からないのよね。

治癒できるかどうかを確認するためならば、もう少し長い時間が必要なはずだし。

というか、重症者というのはどれくらいの症状なのかしら。

苦しんでいる人がいるのならば、まずはそちらから治した方がいいのじゃないかしら。

「フィーア、どうしたの？」

「いえ、重症者が苦しんでいるのならば、そちらから治した方がいいんじゃないかしら」

「ああー、うーん、気持ちは分かるけど……これは選定会だからね。馬車の中では色々と言ったけど、私たちだって地方教会の期待を一身に背負ってきているから、少しでもいい順位を取りたいわけよ。患者を一度治癒し始めたら担当聖女という形になって、完治させるまで他の患者は治癒できないって説明だったじゃない。重症者に手を出すのは覚悟がいるわ」

アナが悩む様子で言葉を続けるので、私は頷く。

「そうね」

素直に頷いたというのに、メロディとケイティは疑わしそうな顔をした。

「いや、フィーアは全然納得していないわよね」

「表情に出ているわよ」

えっ、騎士団で鍛えた私のポーカーフェイスはどこへいってしまったのかしら。

両手でぴたぴたと顔を押さえながら、思ったことを口にする。

「えーと、私はただ苦しんでいる人たちにとって、今が選定会の場であることは関係ないんだろうなって思ったの」

私の言葉を聞いた3人は、「うう」と呻くと眉を下げた。

「国王推薦枠の聖女って、教会のどろどろした思惑とは遠いところにいるから純真なのね。選定会でいい順位を取ることしか考えていない自分が、恥ずかしくなってきたわ」

「私も聖女になりたての頃は、こんな風にキラキラしていたのかしら。もう、フィーアったら、とりあえず見るだけだからね」

「そうね、まずは全ての部屋を確認して、それから、どの患者を治療するかを決めましょう」

3人は私の希望に沿って、中等症者と重症者の病室を回ることを提案してくれた。いい人たちだ。

まずは中等症者の病室に行くと、カルテを受け取る。

この部屋には医師の力で回復させることは難しい、と判断された患者が集められていた。

『半年間頭痛に悩まされている』、『喀血《かっけつ》が見られベッドから起き上がれない』といった症状がカルテに書いてあり、誰もが顔色が悪くベッドに横になっている。

軽症者の病室とは患者の雰囲気が異なり、彼らは病状に苦しんでいるようだ。

病室には私たち以外の聖女もいて、皆が難しい顔をして一人一人をゆっくり確認していた。

最後に重症者の病室に行くと、3年以上の間、症状が固定している者が集めてあった。

第一次審査は病人を対象としているものの、この部屋に限っては昔の怪我を負っている者も患者に含まれるらしい。

カルテに目を通すと、『3年前に骨折した際の足の骨の変形』や、『4年前の病気時から残る右腕のしびれと痛み』と記載されていた。

アナが患者に聞こえないようひそりと囁く。

「これは難しいわね。古傷にしろ、悪い病状が残ったにしろ、何年も前に原因が消滅して症状だけが残ったものは、まず治癒できないもの」

メロディも深刻な顔をして頷いた。

「そうね、軽減はできるけど、ほとんど魔法の効果がないのよね」

ケイティはカルテに目を落とす。

「地域の領主様が昔の傷が痛むと言い出して、治療を試みたことがあるけど、あまり改善しなかったわ。古い傷は一筋縄ではいかないわよね。……カルテを見ると、10年前のものもあるわよ」

私も真似して小声で話をする。

「古傷を治す時に大事なのは勢いよね。勢いがあれば、何とかなるんじゃないかしら」

前世でも、時間が経った古傷を治すのが不得意な聖女がいたけれど、彼女たちは魔力の出力量が少なかった。

古傷の場合は一気に治す必要があるから、出力量を通常よりも多くしないと上手くいかないのだ。

全ての部屋を確認した私は、3人の聖女とともに、さて、どうしたものかしら、と考え込んだのだった。

◇　◇　◇

回復魔法のかけ方は、人それぞれ異なる。

剣を振り下ろすベストフォームが人によって異なるように、同じ基本形を教えられたとしても、術を繰り返すことでその人の癖が出て、自然と自分に一番合った魔法のかけ方になっていくからだ。

選定会に参加するほど優れた聖女たちであれば、もはや一般的な方法を学ぶのではなく、自分のやり方を極めることに専心すべきだろう。

他の聖女の技を目にして、優れていると思った部分を自分の魔法に組み入れるのか、あるいは、より経験のある聖女に指導を仰ぐのか。

いずれにしても、選定会は聖女として成長するいい機会じゃないだろうか。

300年前の話ではあるけれど、私は結構な数の魔物を倒したり、病人を治したりしていたから、それなりに経験はあるはずだ。

あの頃は、回復魔法を使用した後に中3日空けなければならない、というルールもなかったので、毎日、魔法を行使していたのだから。

私はよし、と握りこぶしを作ると独り言をつぶやく。

「やるわよー」

「ふふ、フィーアったら張り切っちゃって」

「頑張って次席聖女に選ばれないといけないものね」

「応援しているわよ」

3人から応援された私は、にこりとして皆を見上げる。

3つの部屋を見て回った私たちは、一旦廊下に出て、談話スペースで今後の方針を話し合っている最中だった。

その結果、それぞれが得意とする魔法を使って、それぞれに適した患者を治癒しよう、ということに落ち着いたのだけれど、その際、皆で相手の魔法を見学しようということになったのだ。

発端はアナの一言だったけれど、この会の目的に合っていると思う。

「せっかくだから、皆の魔法を見せてほしいわ」

素直に要望するアナの言葉に全員が頷き、私も後押しする一言を添える。

「いいわね、選定会の目的に合っていると思うわ！」

私の言葉を聞いた３人は、不思議そうに首を傾げた。

「選定会の目的？」

「選定会は次代の代表となる、トップ聖女を決めるために開かれるんでしょう？」

「他の聖女の魔法を見ることは関係ないわよね？」

３人から繰り出される質問にその通りだと頷く。

「最終的にはそうだけれど、1位の聖女を決めるだけならば、聖女を1人ずつ個室に入れて、同程度の怪我や病気をした人を治療させる方が簡単だし、公平性を担保できると思うわ。こんな風に一堂に集めて、それぞれ病状や難易度が異なる患者に対応させる必要はないんじゃないかしら」

アナ、メロディ、ケイティは納得した様子で頷いた。

「でも、だったら何のために今のような方式にしたのかしら。違うものを比べて順位を付けるのは、主催者側の手間も増えるから大変よね」

「それもそうね」

「疑い過ぎかもしれないけど、本当は5位なのに4位にしようとか、ちょこっと順位を入れ替えたい時に今のやり方は便利な気がするわ」

ケイティは鋭いわね。もちろんそういう側面もあるのかもしれないけど、今の方式を取っているのは、きっと聖女たちに学ばせたいからじゃないかしら。

「国は選定会を聖女たちが学ぶ場にしたかったんじゃないかしら。選定会だったら誰もが全力を出すだろうから、自分以外の聖女の魔法を学習するいい機会になるはずだもの。そして、得意な魔法は皆違うから、他の聖女たちが様々なタイプの患者を治療する場面を見られるはずだわ」

「えっ、選定会で学習するの？　フィーアったら突拍子もないことを考えるのね！」

「皆が必死で少しでも上の順位になろうとしている最中に、そんなことを考える聖女はフィーアくらいじゃないかしら」

「フィーアは国王推薦枠の聖女なんだから、もっと上昇志向を持つべきよ」

「そうね」

でも、誰が1位になるかなんて、本当はどうでもいいのだ。

聖女として生まれた者はずっと聖女であり続けるから、いかに自分が望むような魔法を行使できるようになり、人々を救えるかが大事なのだから。

でも、これは私の考えだし、人によって大事なものは違うのかもしれない。

そう考えていると、アナが躊躇《ためら》う様子を見せながら口を開いた。

「フィーア、聞いてもいい？　フィーアは開会式の時にベールを被っていたわよね。なのに、どうして外したの？　玄関前で会った騎士たちが驚いていたし、外してはいけなかったんじゃないかしら」

まあ、よく見ているわね。

私は嘘をつかないようにしながら、話せるところを口にする。

「実のところ、私は聖女として人前に出続けることに問題があるのよ。多分、選定会後は聖女として活動できないから、選定会も順位が付かないように途中で抜けるつもりなの」

「えっ、それは」

「大丈夫なの？」

「元気そうに見えるけど」

３人が心配そうな表情を浮かべたので、言い方が悪かったわと慌てて補足する。

「あっ、心配しないでね。体調が悪いとかでは決してないから。何というか、その、私は特殊な過去があって、ある人から姿を隠さなければならないの。そんなわけで、継続して人前で活動することは困難なのよ」

「「「そうなのね」」」

ぼかした部分をどう解釈したのか、３人は神妙な顔をして頷いた。

「今後は聖女として活動できなくなるという私の事情を、国王の腹心の騎士たちは知っているから、私が皆に認知されることがないようにと、ベールを被ることを勧めてくれたの。ただ、王都は広いし、人の記憶は薄れるものだから、偶然もう一度出会ったとしても、誰も『あの時の聖女だ』と言い出すことはないと思うのよね。だから、思い切ってベールを取ったの」

私の言葉を聞いたメロディは、理解できるとばかりにぎゅっと手を握ってくる。

「フィーアの気持ちは分かるわ！　患者の気持ちを考えたんでしょう。聖女と対面する機会はなかなかないから、たいていの場合、回復魔法をかけられる人ってものすごく緊張しているのよね。聞いた話では、病気が完治した後もしばらくずっと、再び体に不調が訪れるんじゃないか、もっと悪くなるんじゃないかと、心配し続ける人がいるらしいわ。そんな人たちからしたら、ベールを被った聖女なんて怪しさ満載で、落ち着かないわよね」

続けてケイティも理解を示してくれる。

「そうそう、ベールを被った男性が聖女の振りをして、相手の体をべたべた触っていたって事件もあったわよね。あれなんて、男性が聖女を装っていたじゃない。選定会でそんなことが起こるはずはないけど、患者からしたら相手の性別も分からない、ってのは不気味よねー」

「いや、いくらベールを被っていたとしても、私が男性に間違われることはないはずよ」

さすがにその可能性はないわ、と思って否定する。

「…………」

「…………」

「…………」

「えっ、どうしてそこで沈黙するの？」

驚いて尋ねたけれど、誰も返事をすることなく、アナが話を変えてきた。

「あと、フィーアのことだから、私たちに対しても出自を明らかにしようと、ベールを取ってくれたんでしょう？　国王推薦の聖女なんだから澄ましていればいいのに、フィーアからは仲良くなりたいオーラが出ているもの」

「あら、でも、途中で棄権するつもりならどうして選定会に参加したの？」

ケイティが不思議そうに尋ねてきたので、私は神妙な顔をする。

うーん、ローズを脅かすためとサヴィス総長の結婚相手を探すためとは言えないわよね。

それに、せっかくこの国でも有数の聖女たちと一緒にいるのだから、できれば色々と学び合いたいわ。

「それは、私が国王に秘匿されていた聖女だから……」

ううーん、何て答えようかしら。

そう言えば、選定会前にセルリアンがやたらと大聖女に関する禁書を持ってきて読ませようとしていたわよね。あっ、閃いたわ！

「実は王から特別に、大聖女関連の禁書や代々王家に伝わってきた秘密文書を読ませてもらったの」

真実味を持たせるため、必要もないのに声を潜めてみる。

「えっ、そうなの？」

「すごいわね！」

「でも、そんなことをしゃべっちゃっていいの？」

驚いた様子で尋ねてくる3人に、私は笑顔で答えた。

「全く問題ないわ！　というか、私はその大聖女の秘密の技を他の聖女たちに伝えたくて選定会に参加したの」

「えっ！」

我ながらこの会話の流れは天才的じゃないかしら、と心の中で自画自賛する。

これならば、もしも私が大聖女と同じことができても誰も変に思わないわよね。

「大聖女様の技を教えてくれるの⁇」

「それはやり過ぎじゃないの⁉」

興奮した様子で頰を赤らめる3人に、私はにこりと微笑む。

「今後、私は聖女として活動できなくなるから、誰かが大聖女の技を覚えて行使してくれると嬉しいわ」

「「「フィーア‼」」」

感激した様子の3人を見て、ううーん、私の創作話を完全に信じ切っているようね、と申し訳ない気持ちになる。

どうやら最近、私の話を作る技術が上がってしまったようなので、皆が信じるのは仕方がないことだけれど。

「残念ながら、私は実践向きの聖女じゃないから、魔法の行使はイマイチなの。だけど、知識はたくさんあるから、アドバイスはできると思うわ。もちろん、そんなもの必要ないというのであれば、私は後ろの方で大人しくしているわ」

できれば一緒に魔法について学びたいけど、1人でやりたいと言われたらごり押しはできないものね。

そう考え、私は3人の返事を待つことにした。

◇　◇　◇

「私はフィーアに色々と教えてほしいわ!!」

「私ももっと強力な聖女になりたい!」

「知らないことを教えてもらえるのなら、願ってもないことだわ!!」

アナ、メロディ、ケイティの3人は即答してきた。

そのため、私は自然と笑顔になる。

「よかったわ、私に分かることであれば何でも教えるわね！　ただ、私は師匠もなく、禁書を片手に独学で学習してきただけだから、古い情報しか持っていないの。最近の魔法については、逆に教えてもらえるとありがたいわ」

「「任せておいて!!」」

自分たちの胸を力強く叩く3人を見て、頼もしいわね、と嬉しくなる。

その後、3人がどの患者を治すかを検討したいと言い出したので、私はその間にもう一度、全ての病室を回ることにした。

先ほど確認した際、命に別状がある患者は1人もいなかったので、審査を邪魔しない程度の軽い魔法をかけて、患者の痛みや苦しみを緩和させようと思ったのだ。

軽症者、中等症者、重症者とそれぞれの病室を回り、こっそり魔法をかけ終わったところで、私はふうっとため息をつく。

「これでしばらくの間、皆が苦しくなることはないはずだわ」

全員を完治させたいところだけど、ここは審査会場だから我慢するのよ、と自分に言い聞かせる。

その時、私の小声を拾ったらしい1人の患者が話しかけてきた。

「君はすごいな。どんな魔法か知らないが、ずきずきとうずいていた痛みが消えてなくなったぞ！」

振り返ると、深緑色の髪をした40代くらいの男性が、半身を起こしてベッドに座っていた。

今いるのは重症者の病室だったため、長患いをしているのかしら……と視線をやると、両脚の膝下が欠損していた。

シンプルなシャツの下から覗く首は太く、胸板も厚くて、鍛えている様子が見て取れたため、まるで騎士のようだわと感想を抱く。

私の予想は当たっていたようで、その男性は自ら元騎士だと紹介してくれた。

「突然声を掛けて悪かったな。初めまして、聖女様。オレはモーリスと言って元騎士だ」

「やっぱり！　体付きを見て、そうじゃないかと思ったの」

「体付き……」

戸惑った様子でつぶやかれたため、あっ、しまった、と慌てる。

私は騎士だから、仲間を見る目で体格を確認しただけなのに、私が騎士だと知らない人が聞いたら、男性の体を眺めまわす破廉恥《はれんち》な聖女だと誤解されてしまうかもしれない。

「ちっ、違うわ！　私は純粋な気持ちで、モーリスの立派な筋肉を確認しただけよ!!」

言葉を発しながら、本当にこの発言で誤解は解けるのだろうかと心配になったけれど、モーリスはぽかんと口を開けた後、おかしそうな笑い声を上げた。

「ははは、そうか！　純粋な気持ちでオレの筋肉を確認したのか！　聖女様の気持ちは伝わった」

「そ、それはよかったわ」

本当に私の気持ちが正しく伝わったのかは疑問だったけれど、日々成長している私は、ここは問い返す場面ではないと学習していたため、言葉通り受け入れることにする。

すると、モーリスは嬉しそうに、服の上から胸元をゆっくり撫でた。

「騎士だったのは10年も前の話だから、そう言ってもらえて光栄だな」

それから、モーリスは朗らかな調子で太ももをぱしりと叩く。

「何たって、10年前に脚を失ってしまったからな！　とても騎士は続けられない」

モーリスは明るい表情でそう言ったけれど、私は騎士だから、騎士たちが騎士であることに誇りを持っていることをよく知っていた。

騎士であり続けたい、と心の底から願っていることも。

モーリスは10年前に騎士を辞めたようだから、今は別の仕事をしているのだろう。

それなのに、自己紹介で『元騎士だ』と発言したのは、騎士だった過去に誇りを持っていることの表れに違いない。

彼が怪我をした部位をじっと見つめていると、モーリスは困ったように眉尻を下げた。

「失ってすぐだとしても、四肢の欠損は聖女様が治癒できるレベルを超えている。ましてや10年も経っているのだから、どうにもならないことは承知している。オレのことは気にしなくていい」

そう言われても、気にしないでいるのは難しい。

無言になった私の気持ちを思いやってくれたようで、モーリスは脚の怪我について説明してくれた。

「10年前、オレはやんごとなき身分の騎士を庇《かば》って、脚を怪我したんだ。それがオレの職分だし、当然のことをしただけなのに、そのやんごとなき身分の騎士はオレが脚を失ったことを未だに気にしていてね。だから、万に一つの望みをかけて、ほんの少しでも何かが改善するようにと、今回の選定会の患者の中にオレをねじ込んだんだ」

モーリスの話から判断するに、その『やんごとなき身分の騎士』は大変な権力を持っているようだ。

その騎士が誰なのかは分からないけれど、『やんごとなき身分の騎士』と言って一番に思い浮かぶのはサヴィス総長だ。

それから、シリル団長に……デズモンド団長も意外なことに貴族だから、この辺りだろうか。

この面々であれば、10年前に既に騎士だったとしても不思議はない。

ただし、この3名は無理を通すタイプではないため、権力を使って選定会の患者の中に、懇意にしている者を入れるといった強引なことをするようには見えない。

腕を組んで、やんごとなき身分の騎士が誰かを考えていると、モーリスが言葉を続けた。

「だから、オレだけが患者の中でずば抜けて治療難易度が高いんだ。もちろん、オレの脚がどうにもならないことはオレ自身が分かっているし、既に諦めている。だから、オレのことはいないものだと思ってくれて大丈夫だから」

それは難しい相談だ。

ううーん、シリル団長はすごい回復魔法をかけてローズを驚かせてほしいと言っていたけど、それがこれなのかしら。

いずれにしても、病人を目の前にして治さないでいることは難しいわよね。

私には聖石があるから、回復魔法を使用したとしても、後から何とでも言い訳が立つはずだ。

問題はモーリスの発言からも分かるように、体の欠損を治すことが今の聖女には難しいと思われていることで、果たしてこの怪我を治すことは『驚いた』の範囲で収まるものかしら。

以前、サザランドで片脚が欠損した男性を治癒した時は、皆から驚かれただけで済んだから、いけそうな気はするけれど。

（※注：サザランドで欠損を治癒した際には、直接魔法をかけたわけでなく聖石を使用しています）

そもそも300年前には、多くの聖女が欠損した部位を再生させていた。

だから、技術的に難しいものではないのだけど……あら、ということは、他の聖女たちと協力して治せばいいのかしら。

選定会に出る聖女たちであれば、難しいことではないはずだし。

「モーリス、私は選定会に参加している聖女で、フィーアと言うの。私の聖女としての能力はそう高くないけど、選定会には素晴らしい聖女が揃っているから、力になれるかもしれないわ！」

聖女たちの力を借りて、どうにかしてモーリスを治したいわね、と思いながら発言すると、彼は顔をしかめた。

「オレの怪我を見たうえでそういうことを言うあたり、確かに君の聖女としての能力は高くないかもしれないな」

　それから、モーリスは考えるかのように腕を組む。

「しかし、長年悩まされてきた幻肢痛《げんしつう》を消してもらったことだし、他の聖女様にはできないことができる、特別な聖女様であることは間違いない。他の聖女様であれば、『それくらいの痛みは我慢してください』と相手にもしない痛みに着目して、対応してくれたんだからな。それから、患者と話をして明るい気持ちにさせてくれるいい聖女様だ」

　嫌味なく爽やかに言われたため、モーリスの方こそいい患者だわと思う。

「ありがとう、褒めてもらえて嬉しいわ。でも、私がかけたのは魔法というよりもおまじないなのよ。実際に痛みが消えたというのならば、モーリスは思い込みが激しいタイプかもしれないわ」

　実際には痛みと苦しみを軽減させる魔法をかけたのだけれど、一旦治療を始めてしまうと、その患者の担当になるという説明を思い出したため、魔法ではないと言い張ることにする。

　恐ろしい話だけれど、私は全患者に対して痛みを軽減させる魔法をかけたから、下手をすると全員が私の担当になってしまうわ。

　残念なことに、私の説明はモーリスにとって受け入れがたいものだったようで、彼は納得がいかない様子で顔をしかめた。

「オレは思い込みが激しいタイプだって？」

　モーリスの性格はよく分からないけれど、これ以上しゃべるとやぶへびになると思った私は、にこりと微笑んで無言を貫くことにする。

それから、アナ、メロディ、ケイティの3人に、どうやって話を持ち掛けようかしらと考えた。

賢い私は、3人の力を借りてモーリスを治療することを閃いたのだ。

私はモーリスに「また来るわね」と笑顔で手を振ると、その場を後にした。

◇　◇　◇

「アナ、メロディ、ケイティ、話があるの！　どの患者を治すべきかについて答えが出たわ！　正解は『一番の重症者を治すべき』よ！」

モーリスと別れた後、廊下の隅で話し合いをしている3人に再会したため、私はチャンスとばかりに駆け寄ると、自分のアイディアを披露した。

この3人の力を借りて、モーリスを治してしまおうと考えたのだ。

けれど、残念ながら思うようにはいかなかった。

3人は呆れたように私を見ると、ため息をついたからだ。

「フィーアったら、それは絶対に選んではいけないカードよ！」

「フィーアは若いから、最も症状の酷い患者を治すことが煌びやかな道だと思い込んでいるのでしょうけど、自分の力を過信してはいけないわ。聖女は万能ではないから、古傷は絶対に治せないのよ」

「というか、いいタイミングね。たった今、ここは軽症者を治して手堅くポイントを稼ぐ場面だということで、意見が一致したのよ」

ああーっ、何ということかしら。正論で言い負かされてしまったわ。

もう少し相談の仕方を工夫するべきだったかしら、と項垂れたけれど、大丈夫、まだ時間はあるわと自分に言い聞かせる。

第一次審査は5日かけて行われるから、そのうちの1日だけ協力してもらえればいいはずだもの。

というか、私たち以外にもプリシラやローズといった聖女がたくさんいるから、ひょっとしたら彼女たちが治してくれるかもしれないわ。

その場合は、彼女たちの魔法をぜひ見たいわね。

様々に思考が入り乱れる中、ここは3人の言葉に従おうと大きく頷く。

「皆の言う通りね！　今日は軽症者を治すことにするわ」

まずは基本に立ち返って、3人の回復魔法を見せてもらいながら色々と学び合うことにしよう。

笑顔で3人に同意すると、アナたちは満足した様子で頷いた。

「フィーア、焦ってはいけないわ！　私たちも最初は意見が分かれたの。というか、他ならぬ私自身が中等症の患者を治療しようと言い出したのだけど、2人に説得されたの。中途半端なまま完治できないで終わるよりも、まずは軽症者を治して様子を見ることにしようって」

「今回は医師のカルテがあるから、普段よりも少ない魔力量で治せる気がするけれど、まずはどれくらいのことができるのかを試してみた方がいいはずよ」

「1人でも多くの患者を、完全に治すのがベストだと思うわ」

3人ともしっかりした考えを持った堅実な聖女だわ、と感心しながら軽症者の病室に連れ立って歩いていく。

扉を開けて入室すると、そこには既に2人の聖女がいて、患者の様子を確認しているところだった。

「あの2人は、地方教会出身の聖女よ」

2人の聖女をこっそり指さしながら、アナが小声で教えてくれる。

彼女たちが対応していた相手は、それぞれ『咳が止まらない』患者と、『声がかすれる』患者だった。

しばらく見ていると、聖女たちは患者を一通り確認した後、手をかざして呪文を唱え始める。

「慈悲深き天の光よ、我が魔力を癒しの力に変えたまえ――――『回復』」

「慈悲深き天の光よ、我が魔力を癒しの力に変えたまえ――――『回復』」

2人の聖女が口にした呪文は全く同じもので、先日、シャーロットが唱えたものとも同じだった。

どうやら教会では、統一した呪文を教えているようだ。

興味深く見守っていると、聖女の手から回復魔法が放出され、患者を包み込んでいった。

医師が作成したカルテに、この２人の症状はそれぞれ『咳が止まらない』『声がかすれる』と記載されていたため、その部位を集中して治そうとしているようで、患者の首元を中心に魔法が発動している。

けれど、なかなか上手くいかないようで、結局は全身に魔法が広がっていた。

カルテに記載されている患部以外にも治癒すべき部位があるのならばいいけれど、そうでなければ魔力の無駄遣いになってしまうわ。

そう思いながら、２人の魔法を見守る。

……10秒、20秒、30秒、35秒。

声がかすれていた方の患者の治療が終わったようで、聖女がかざしていた手を下ろした。

……40秒、50秒、52秒。

咳が止まらない患者の治療も終わったようだ。

聖女たちは汗びっしょりになっていて、いかに多くの魔力を行使したかを全身で物語っていた。

言いたいことだらけだったけれど、ぐっと我慢すると1つだけに絞る。

「お２人とも、素晴らしい回復魔法だったわ。ただ、『声がかすれる』患者の方は、胸部にまだ少し病気が残っているんじゃないかしら？」

翌日に治療を持ち越したいのかしら、とも思ったけれど、その患者を担当した聖女には、まだ三分の一ほど魔力が残っている様子だ。

そうであれば、一気に治療してしまう方がいいのじゃないかしら、と思っての質問だ。

できるだけ穏やかな口調で言ったつもりだったけれど、指摘された聖女にとっては余計な口出しだったようで、苛立たし気な声を上げられる。

「言いがかりは止めてちょうだい！　私は完璧に治療したわ!!」

その表情は非常に不愉快そうで、心から自分の言葉を信じている様子だったので、どうやら完治できていないことに気付いていないようだ。

患者のためにも分かってほしいと思った私は、もう一度丁寧に説明する。

「そちらの患者に関しては、医師のカルテに誤りがあるみたいね。声がかすれているのは間違いないけど、そもそもの原因が喉だけではなく胸にもあるのよ。だから、併《あわ》せて胸も治療しなければ、完治したとは言えないのじゃないかしら」

治療の難易度で考えると、この患者だけ軽症者のレベルを超えている。

だから、『軽症者ならばこのくらいだろう』という思い込みもあって、担当聖女は喉だけに着目してしまったのかもしれない。

でも、このままでは患者は苦しいままだ。

病人を完治させてほしい、という気持ちから発言したのだけれど、私の言い方が悪かったのか、担当聖女は腹立たし気に言い捨てた。

「そんなことを言うのなら、自分で治してみせたらいいじゃない！」

「えっ、私が？」

まさか任せてもらえるとは思わなかったため、私は驚いて目を見開いたのだった。

◇　◇　◇

自分では完璧に治療したと思い込んでいるのだから、担当聖女が苛立つのは当然だ。

怒りに震える聖女を前に、一体どう言えば上手く伝わるのかしら、と私は眉尻を下げた。

そんな私を見て、アナたちが心配した様子で近寄ってくる。

「フィーア、善意の気持ちで少しでもアドバイスをしようとするあなたの態度は立派だわ！　ただ、アドバイスをすることが何もない時は、黙っていてもいいんじゃないかしら」

「うんうん、フィーアが親切なのは、ちょっと一緒にいただけでも伝わるわよね。その気持ちは本当に尊いけど、無理はしなくていいのよ」

「ええと、医師のカルテは選定会の公式資料になるわよね。だから、間違いはないと思うのよね」

どうやら３人の目には、私の助言が不要なものに見えたようだ。

続けて、メロディが恐る恐る口を開く。

「回復魔法を使用して怪我や病気を完治させると、最後に少しだけ魔法が跳ねるような感覚が走るのよ。選定会に出る聖女の多くは、その感覚を掴み取っているはずだから、患者を完治させたかどうかは自分で気付くことができるんじゃないかしら」

ああ、選定会に参加する聖女はそこまで分かるのね。

今回の場合は患部が2か所あるから、その感覚が2回走るべきなのよね。

そのことに誰も気付いていない様子だけど、一体どうしたものかしら。

うーん、こんなに優れた聖女たちだったら、上手くコツを摑んだらメキメキ上達しそうだから、知っていることは伝えたいわよね。

ただ、私は回復魔法についての説明があまり上手じゃないから、丁寧に説明しても理解してもらえないかもしれない。

３００年前、聖女たちを指導していた時だって、彼女たちは『よく分かりません』と、私の説明に首を傾げていたのだから。

ということは、やってみせるしかないのかしら。

そう考えたところで、先日、カーティス団長と交わした会話を思い出す。

『この世界にはまだ魔人が残っています。私はフィー様の存在が魔人に知られることを恐れていますす』

カーティス団長が心配する様子ながらも、きっぱりと言い切ったことを。

それから、彼がさらに言い募ってきたことを。

『あなた様が精霊と契約さえしなければ、魔人に気取られることはないと、これまでの私は考えていました。しかし、「二紋の鳥真似」は人に擬態していました。そのため、もしもフィー様が能力の高い聖女であると露見し、人々の間に広がれば、魔人があなた様の存在を知覚するのではないかと、私は恐れています』

彼の言うことはもっともだったので、私の気が緩み過ぎていたわと反省し、聖女であることを隠そうと改めて決意したのだ。

けれど、……今回に限っては、『大聖女の能力』を隠しさえすれば、それでいいのじゃないかしら。

私は腕を組むと、むむむと考え込む。

そもそも私は精霊と契約をしていないのだから、魔法を行使したからといって、即座に魔王の右腕に感知されることはないはずだ。

バレる可能性があるとしたら、『すごい聖女がいる』と噂になり、魔人が確認しに来た場合のみだろう。

前世のように、他の聖女ができない身体強化や防御魔法を発動させたりしたら、『大聖女かもしれない』と疑われるだろうけれど、それ以外であれば誤魔化すことができるんじゃないだろうか。

何たってここには筆頭聖女候補者が集まっているのだから、ちょっとばかり魔法を使ったからといって『すごい聖女がいる』と言われることはないだろう。

それとも、今世は300年前より魔法が弱体化しているから、前世の聖女たちの魔法のレベルに抑えたとしても、すごい聖女だと取りざたされるのだろうか。

生まれ変わった今でも、『魔王の右腕』の存在は私に恐怖心を抱かせ、行動を制限させる……けれど。

私にできることがあればやりたい、という気持ちがどうしても湧き上がってくる。

ここにいるのは全員が優れた聖女だから、彼女たちの魔法が上達すれば、将来的に彼女たちが治療する多くの患者が、その恩恵を受けられるはずだ。

それに、今回に限っては、私が気を付けなければいけないのは『魔王の右腕』だけで、他の聖女や事務官たちのことは一切心配しなくていいだろう。

筆頭聖女の選定会は途中退場する予定だから、それ以降、聖女たちとかかわることはないだろうし、途中退場して順位も付かない聖女のことなんて、誰も気に留めないだろうから。

問題は次代の筆頭聖女で、彼女はサヴィス総長と結婚するだろうから、騎士たちと顔を合わせる機会があるはずだ。

けれど、その他大勢の騎士である私を見て、『あの時の聖女だ！』と気付く可能性は低いだろう。

もしも気付かれたとしても、聡明《そうめい》なるシリル団長が聖石を使って上手く誤魔化してくれるに違いない。

『実は聖石というものがあって、フィーアはその力を利用しただけなのですよ』とか何とかかんとか。

シリル団長の有能さは、こういう時に頼りになるのよね。

それに、シリル団長はすごい魔法を使ってローズ聖女を脅かしてくれ、と私に言ってきたくらいだから、やり過ぎたとしても怒られることはないはずだ。

むしろ、後から何とでも言い訳できるようにと、聖石のネックレスをはめてきた私のことを褒めてくれるんじゃないだろうか。

この聖石のネックレスさえあれば、賢いシリル団長のことだから、何だって言い訳できるはずだもの。

私は胸元にかけた聖石のネックレスをぎゅっと握り締めると、決意する。

「よし、決めたわ！」

『大聖女の技が記載された禁書を読んだ』とアナたちに説明した私は、今思えば恐ろしく賢かった。

もしも私が今世ですごいと思われる魔法を使ったとしても、『禁書を読んだ』とさえ言えば、何とでも誤魔化すことができるはずだから。

これなら、彼女たちの前である程度の魔法を使っても大丈夫じゃないだろうか。

それに、ここで聖女たちの能力を底上げすれば、誰もが優れた聖女になって、私は彼女たちの中に埋もれてしまうだろう。

そうであれば、今後、私が『すごい聖女だ』と取りざたされることはなくなるはずだ。

「完璧なプランだわ！」

自信満々に顔を上げるると、なぜだかアナが悪い予感を覚えたとばかりに顔をしかめた。

それから、焦った様子で憤慨している聖女に向き直る。

「ルドミラ、聞いてちょうだい。フィーアは決して悪い子じゃないのよ……」

まあ、アナったら、まだ私のために取りなそうとしてくれるのね。

とってもありがたいけど、私は成人しているし、少しは自分で対応すべきよね。

私はにこやかな表情でルドミラ聖女に近付いていくと、穏やかな声で質問した。

「私が後を引き継いで、この患者を治してもいいかしら？」

ルドミラは噛みつかんばかりの表情で返事をする。

「まだ治すべきところが残っていると思うのならば、好きにすればいいじゃない！　でも、あなたがやろうとしているのは余計なことだから、この患者を治したのは私だわ!!」

「もちろんよ」

私は同意すると、患者に向き直った。

不安そうな表情を浮かべる患者に笑みを見せたところで、それまで部屋の隅に黙って控えていた事務官が、慌てた様子で声を上げる。

「お、お待ちください！　ただ今、この患者のカルテを作成した医師を呼びに行っておりますので、少々お待ちください!!」

事務官が言い終わると同時に、ばたばたばたと足音がして、白衣を着た小柄な男性が走り込んできた。

ああ、そう言えば、第一次審査の説明の際、『聖女様が治癒される際には必ず事務官が立ち会い、その後、医師とともに患者の回復具合を確認いたします』って言っていたわね。

さすが選定会、きちんと手順が守られているのね、と感心しながら見ていると、医師は色々な器具を使って患者を確認した後、心許《こころもと》ない表情を浮かべた。

「ご、ご指摘に従って確認しましたところ、確かに呼吸音に異常がある気がします。しかし、わずかな違いのため、実際に胸部に悪い部分があるのかどうか、あるとしてもどの程度のものなのか、今すぐ判断できません」

医師の言葉を聞いて、そうよねと納得する。

ここにいるのは全員、選定会用に選ばれた患者だから、事前にしっかり病状を調べているはずだ。それでも医師が見つけられなかった病気なのだから、もう一度同じように調べたとしても、発見するのは難しいだろう。

でも、そんな患者を治すために聖女がいるのよね。

「今回の病気はちょっと見つけにくいかもしれないわね。でも、明らかな症状が出るまで放っておくと、患者の方が辛いでしょうから、今すぐ治してもいいかしら？」

私が医師に尋ねた途端、アナが心配そうに服を摑んできた。

「……フィーア、ここで止めてもいいのよ」

でも、そうしたら、この患者に病気が残っていることを、誰も分からないまま終わってしまうわ。

魔法の便利なところは、患者に悪い部分が残っていれば、患部に魔法が吸い込まれていくのが第三者にも見えることだ。

問題は私の魔法が速いことで、普段通りに発動させたら一瞬で終わってしまい、何が起こったか分からないだろう。

よし、普段の100倍くらいゆっくりかけてみよう。

それから、分かりやすいように、いつもよりもエフェクトを多めに入れてみよう。

私は患者の前まで歩み寄ると、両手をその胸元にかざす。

――どうか私の魔法で患者が治りますように。そして、聖女たちの魔法が上達する手助けになりますように。

そう心の中でつぶやくと、私は呪文を唱えた。

「回復」

ゆっくり、ゆっくりよ。

それだけを頭の中で繰り返す。

すると、私の魔法はきちんと目に見える速度で発動し、患者の胸元でぴかぴかと光った。

というか、エフェクトを掛け過ぎたようで、ギラギラビカビカと光った。

「あっ、やり過ぎた」

と反省したけれど、意外なことに誰も光には反応しなかった。

アナ、メロディ、ケイティの３人は全く別のことに食いついてきたのだ。

「えっ、どうしてフィーアは詠唱しないの？」

「嘘でしょう！　そんなことができる聖女の話なんて、聞いたことないわ!!」

「信じられない！　フィーアは『回復』しか言っていないじゃないの!!」

「詠唱？　あっ、そこね」

さすが選定会に出る聖女たち、よく見ているわね。

私は目を丸くすると、感心して皆を見つめたのだった。

◇　◇　◇

回復魔法を使用する際に詠唱していない、と指摘された私は、そこが気になるのねと思いながらアナたちを見返した。

実のところ、詠唱すべきかしら、と迷いはしたのだ。

けれど、私はこれまで回復魔法を何万回もかけたことがあって、詠唱の一文字一文字に強い力を込めているから、省略せずに詠唱したら大変なことになる、とすんでのところで気付いて止めた。

もしも私が呪文の全てを詠唱したならば、恐らく、この建物の中にいる人たちは全員、治癒されてしまっただろう。

そんな事態になったらさすがに言い訳できないわと考えて、あえて省略したのだ。

だから、私の選択は間違っていないはずよ。

「えーと、その……これは大聖女様のやり方なのよ」

私は誰にでも通用するであろう、万能の言い訳を口にする。

この『大聖女のやり方』という言葉は便利よね。

これさえ口にすれば、魔法の言葉のように皆が納得してしまうもの。

……と考えた私は甘かったようで、アナが驚いた様子で目を丸くした。

「それも本から得た知識なの？　まさかとは思うけど、フィーアは本で読んだだけで、大聖女様の魔法を同じように再現できるの!?」

続けてメロディが信じられないとばかりに大きな声を出す。

「あなた、天才だわ!!」

ケイティも大きく頷く。

「ええ、本を読んだだけで大聖女様と同じことができるなんて、考えられない!!」

「え、いや、思っているほど大したことではないのよ」

困ったわ、この３人は相手を褒め過ぎるんじゃないかしら。

ここはさらりと流してほしかったのだけど。

困った私は笑って誤魔化すことにする。

「うふふ、大聖女様の禁書にはとても詳細に、大聖女様の魔法について記載してあるから、私は見様見真似でやっているだけよ。私にもできるってことは、意外と簡単なのかしら」

作り笑いを浮かべて皆を見ると、アナ、メロディ、ケイティはもちろん、汗だくになった2人の聖女、それから患者たちも目を丸くして私を見ていた。

誰もが無言のまま私を見つめてくるだけだったので、居心地が悪くなった私は沈黙を破ろうと、先ほどまで憤っていたルドミラに質問する。

「ええと、それで、もう一か所患部が残っていたことは、理解できたかしら？」

あれほどギラギラビカビカ光ったし、スローモーションに見えるくらいゆっくりと魔法をかけたから、見えないはずはないと思うけど。

どうかしらと首を傾げると、ルドミラは怒っていた表情から一転、ぽかんと口を開けると、その表情のまま大きく頷いた。

「あ、分かったのね。よかったわ」

ルドミラに分かってもらえたのなら目的達成ね、と話を打ち切ろうとしたけれど、誰もが驚いた表情のまま動かない。

仕方がないわね、と思った私はこの場を収める言葉を口にする。

「ええとね、ここだけの話、私は魔力が少ない分、他の方の魔法を真似るのが得意なのよ」

精霊と契約していない以上、前世の魔力の10分の1しか使えないから、あながち嘘ではないはずだ。

「魔力が少ない？　そんなに一瞬で魔法をかけておいて？」

「えっ、一瞬？」

ものすごく遅かったわよね。

とは思ったものの、そう言えば先ほどのルドミラたちは30秒とか、50秒とかかかっていたことを思い出す。

もしかしたら私はこの2人を基準にしないといけなかったのかしら。

しまった、普段の私を基準にしてしまったわ。

「えっと、魔法の速度については、国王にもらった古《いにしえ》の秘密グッズを使用して底上げしているのよ。選定会のルールには抵触しないらしいから」

国王推薦の聖女ってのは、思ったよりも便利ね。

困った時は、『王のおかげ』って言っておけばいいんだもの。

実際に王城の宝物庫には、色々とすごいものが入っているはずだから、私が言ったようなグッズもあるかもしれないしね。

これ以上話をするとボロが出る、と思った私はくるりと体の向きを変えると、事務官と医師に向き合う。

対応する相手を変えることにしたのだ。

「回復魔法のエフェクトが見えたかしら？　胸部が少し悪かったみたいね」

先ほど話をした時の印象では、医師はおとなしいタイプに見えたため、すぐに納得してもらえると思ったからこその相手変更だ。

それなのに、どういうわけか医師は先ほどまでとはがらりと態度を変え、興奮した様子で私に詰め寄ってきた。

「聖女様、どうして分かったのですか？　聖女様は先ほどの患者を担当しておらず、遠くから治癒場面を眺めていただけですよね？　どうして患部が残っていると分かったんですか!!」

さすが医師ね。細かいことを聞いてくるわ。

「一目見たら、相手が子どもか大人か分かるわよね。それと同じことよ」

「意味が分かりません！」

そうなのね、ものすごく分かりやすく言ったつもりなのに。

「ええと、それじゃあ、ほら、あの花瓶には赤い花と白い花が挿《さ》してあるでしょう。あの中から赤い花だけ選びなさいと言ったら、間違いなく抜き取れるわよね。そういうことよ」

「実際の場面では、私には全て白い花にしか見えないはずです!!」

難しいわね。私が一目見て分かるものを、一目見て分からない者にどうやって説明すればいいのかしら。

面倒になった私は、にこりと笑みを浮かべる。

「そのうちに、白い花の中に赤い花が見えるようになるんじゃないかしら」

それから、話を変えてしまおうと、アナたちに提案する。

「ところで、ちょうど事務官の方がいるから、私たちも患者を治すのはどうかしら」

「え？　え、ええ、そうね。でも、フィーアは今、魔法を発動させたばかりだから、今日は止めておいた方がいいのじゃないかしら」

メロディが心配そうに尋ねてきたので、問題ないわと手を振る。

「大丈夫、さっきのは魔力を全然使っていないから」

「ぜ、全然使ってないの？　ものすごくビカビカ光っていたから、大変な魔力量だと思ったけど」

ああ、それはエフェクトの効果を普段より派手にしただけだから、使用した魔力量とは関係ないのよね。

「私は必要な部位に必要なだけの魔力しか使わないから、他の方よりも少ない魔力で済むの」

多分、ルドミラの半分以下の魔力しか使っていないはずだ。

半信半疑の表情をされたので、１人の患者に近付いていく。

「じゃあ、見ていてちょうだい。この方の症状は『指先のしびれ』だから、両手の指先だけに魔法をかけるわね」

さっきの魔法でも速過ぎると言われたから、もっとゆっくりかけた方がいいわね。

分かりやすいように、エフェクトは今回も派手にしておこう。

「回復」

呪文を唱えた瞬間、私の手から魔法が発動し、患者の指先を包み込んだ。

それから、きらきらと2秒ほど輝いた後、すっと患部に吸い込まれていく。

上手くいったわ。見ていてすごく分かりやすかったんじゃないかしら。

「ね？」

笑顔で聖女たちを振り返ると、アナたちは興奮した様子で歓声を上げた。

「すごいわ！　一から治療したのに、今度もほんの一瞬だったわ!!」

いや、2秒はかかったわよね。

「フィーアったらものすごいコントロールだわ！　本当に指先だけにしか魔法をかけないなんて、どうやったらそんなことができるのかしら!!」

実際には、初めに患者の体全体に魔法を巡らせて、他に悪いところがないかを確認したんだけど、それは速過ぎて見えなかったようね。

これは後日覚えればいいことだから、今日は割愛するけど。

「今度もまた詠唱しないのね。フィーアの魔法はどうなっているの!?」

うーん、詠唱できない理由があるというか、詠唱付きで魔法をかけた場合の結果に責任が取れないというか、私には呪文を省略する以外の方法が取れないのよね。

　3人のコメントはどれも答えるのが難しかったので、にこにこと笑っていると、側で見ていたルドミラまでもが震える声で質問してきた。

「し、信じられない。こんな短時間のうちに2度も魔法をかけるなんてありえないし、あんなに正確に患部にだけ魔法をかけることなんてできるはずもないわ。もう2人も治癒しているのに汗一つかいていないなんて、一体どれだけ魔力があるの!?」

　あらあら、私の初めの話を聞いていなかったようね。

「私の魔力量は多くないわ。患部にだけ魔法をかけるから、他の方よりも少ない魔力で魔法が使えるだけよ」

　精霊と契約しない今世において、私のやり方はとっても有効なはずよ。

　さあ、ぜひ真似してちょうだい！

　そう考えて胸を張ったけれど、その場に広がったのは沈黙だけで、私に教えてほしいと希望する声は1つも上がらなかった。

　あれ？

◇　◇　◇

　同じように教えたとしても、相手が希望して学ぶか、いやいや学ぶかによって、身に付き方に大きな差が出る。

そう考えて、皆が飛びつくような魅力的な魔法を演出してみたつもりだけど、誰も食いついてこないところを見るとイマイチだったようだ。

他に皆の興味を引く方法を思いつかなかったため、私はこれ以上の回復魔法の押し売りを諦めると、アナたちに顔を向けた。

「私の治療はこれでおしまいよ。次はあなたたちの番ね」

すると、３人はまるで夢から覚めたかのようにはっと目を見開き、慌てた様子で私の魔法を褒めてきた。

「フィーア、あなたものすごい聖女だったのね！」

「国王推薦の聖女の実力を見くびっていたわ！」

「素晴らしい魔法だったわ!!」

あれ？　もしかしたら少しは皆の興味を引けたのかしら。

だとしたら、ここで回復魔法を押し売らないといけないわね。

私はにまりとすると、説明を始める。

「私は独学で学んだから、教会で見慣れている魔法とは違うものに感じるかもしれないけど、全く同じものなのよ」

「「「いや、全然違うわ!!」」」

首を横に振る3人に、まあまあと言いながら話を続ける。

「私は回復魔法のコツを掴んだから、効率的な魔法を発動できるのよ。3人には特別に、私が長年かけて編み出した最高の方法を伝授するわね」

より興味を持ってもらうため、一段声を低くしてみる。

「構え方は好きにしていいし、呪文も慣れたもので構わないわ。でも、結局は勢いなのよ。いい？……ここぞと思ったらずどんよ！」

最後の方はすごい感じを演出するため、両手をばっと前に突き出す。

さあ、これが前世の人生をかけて編み出した、とっておきの方法よ！　と胸を張ると、なぜだか3人は頭痛がするとでもいうように頭を押さえた。

「…………」

「…………」

「……よく分からないわ」

それだけではなく、ケイティから分からないとはっきり言われてしまう。

「えっ」

ものすごく噛み砕いて説明したのに、分からないと言われてしまったわ。

これ以上の説明なんて、私にはできないわよ。

困り果てた私は、もう一度皆の前で実践しようと考える。

「……じゃあ実際にやってみるから、見ていてね」

言葉だけの説明を諦めた私は、見て理解してもらおうと、隣のベッドに寝ていた患者に笑顔を向けた。

「こんにちは、今から治療してもいいですか？」

患者がおっかなびっくり頷くのを確認すると、私はカルテに視線を落とす。

「ええと……この方の症状は目のかすみね。つまり、目の周りだけ魔法をかければいいのね」

私は両手を構えると、アナたちをちらりと見た。

「分かりやすいように、ずどんのタイミングを声に出すわね。……いくわよ。『回復』ずどん！」

私が呪文を口にすると同時に、私の手から魔法が発動し、患者の目元がギラギラビカビカ光る。

エフェクトを大きくして視覚的に分かりやすくしたうえ、ずどんのタイミングまで伝えるなんて、我ながら何て教え上手なのかしら。

自分の伝授方法に満足し、どうかしらと自信満々に3人を振り返ったところ、アナたちは目を見開いて患者を見ていた。

それから、３人は何かを悟ったような表情で頷く。

「……ありがとう、フィーア。あなたがものすごく親切で、ものすごく優秀な聖女だということが分かったわ」

アナは褒めてくれたものの、肝心の魔法についてのコメントがなかったので、理解できたかしらと尋ねてみる。

「褒めてくれてありがとう。それで、効果的な魔法のかけ方は分かったかしら？」

すると、メロディが真顔で首を横に振った。

「間違いなく私には経験が不足しているみたいね。フィーアの言葉を理解できるようになるには、あと100年ほど訓練が必要だわ」

「メロディったらどうしたの？　あなたは選定会に参加するほどの聖女なのよ」

突然気弱になったメロディに驚いていると、今度はケイティが大きなため息をつく。

「問題はそこよね。こんな風に限界人数を超えて次々と治療していくフィーアと同じ選定会に参加することが、申し訳なくなってきたわ。でも、こうやって実力差を理解させることがこの会の目的でしょうから、これはこれで正解なのかもしれないわ」

よく分からないけど、私の説明が理解できなくて、全員落ち込んでいるようだ。

そう言えば、前世の聖女たちも『ずどん』の意味とタイミングが分からない、とさかんに言っていたことを思い出す。

……もしかしたら、私の教え方が悪いのかしら。

「ええと、もしかしたら私の説明は分かりにくいのかもしれないわ」

恐る恐るそう言うと、3人はそうではないと首を横に振った。

「いいえ、フィーアは最善を尽くしてくれたわ」

「天才には天才の教え方があるから、凡人が汲み取らないといけないのよ」

「だって、フィーアにはできちゃうんだから、それ以外の教え方はできないわよね」

そう言うと、3人はなぜか壁際でうんうんと頷いていた医師と、分かり合ったような視線を交わした。

まあ、いつの間に医師と仲良くなったのかしらと驚いていると、アナたちは気を取り直した様子で笑みを浮かべる。

「フィーア、『ずどん』は理解できないけど、患部に集中して魔法をかけるってことは理解できたわ。やってみるから、見ていてくれる?」

もちろんよと頷くと、3人は患者に近付いていった。

黙って見守っていると、アナたちは治癒する患者を選択し、それぞれ患者に話しかけたり、体に触れて確認したりしている。

しばらくすると、3人は緊張した様子でカルテにもう一度目を通した後、患者に向き直った。

それから、患者に向かって手をかざすと、それぞれ定められた呪文を口にする。

「慈悲深き天の光よ、我が魔力を癒しの力に変えたまえ――――『回復』」

3人が唱え終わると同時に、それぞれの手から魔法が放出され、ゆっくりと患者の体を包み込んでいった。

3人とも患部にだけ魔力を流そうとしているようで、初めのうちは患者の体全体を包んでいた魔法が、次第に患部に集まっていく。

残念ながら、完全に成功しているとは言えなかったけれど、明らかに他の部分よりも患部が光っていたので、患部に集中して魔法をかけることができているようだ。

3人とも手ごたえを感じているのか、嬉しそうな表情で魔法を行使し続けている。

「……終わったわ！」

しばらくの後、患者を治療し終わった3人は、満足した様子で手を下ろした。

それから、キラキラした目で私を見つめてくる。

「フィーア、できたわ！　ものすごく難しかったから、完全に成功したとは言えないけど、やり方のコツは摑んだわ！　ああー、ありがとう！　目の前で見せてもらったから、『こんな風にやればいいんだ』と理解することができたわ！　フィーア、あなたはすごいわ!!」

「アナの言う通りよ！　目の前で見せてもらうのって、ものすごくありがたいことね！　正解が分かっているから、目指すべき形が分かるもの!!　怪我の治癒の応用だと思ったけど、怪我と病気では魔力の流し方が違うから、見せてもらわなければこんなに上手くはいかなかったわ」

「フィーアは私に新しい道を示してくれたのよ！　怪我を治す時だって、ここまで患部に集中して治癒できたことはなかったわ!!　それなのに、いつもより短時間で終わったし、魔力も少しだけど残っているもの。フィーア、本当にありがとう」

「どういたしまして」

手放しで褒められたことで、３人がいかに優れた聖女になりたいと考えているかが伝わってきて嬉しくなる。

「３人とも、とっても上手だったわ!!」

笑顔で褒めると、３人は歓声を上げながら私に抱き着いてきた。

「えっ?」

「フィーア、ありがとう！　私はあなたについていくわ！」

「ええ、こんなにとっておきのやり方を、出し惜しみすることなく教えてくれる聖女ならば信じられるもの!!」

「あなたみたいに独創的で有効的な技を知っている聖女なんて、他にいないわ」

まあ、３人とも魔法の技術が向上したことを喜んでいるのね。

「うふふふふ、聖女っていいわね」

魔法一つで分かり合えるんだもの。

嬉しくなった私は３人をぎゅっと抱き返したのだった。


その後、私はアナたちと別れた。

３人は魔力のほとんどを使ってくたくたになっており、すぐさま王城に戻って休みたいと希望したからだ。

一方の私は、他の聖女たちの魔法が見たかったため、全員がいなくなるまで病院に残ると皆に告げる。

そして、実際に最後まで残ったのだけど、その甲斐《かい》あって、３人の聖女の魔法を見ることができた。

さすが選定会に参加する聖女だけあって、３人とも素晴らしい回復魔法だった。

ただし、プリシラとローズは既に治療を終えた後のようで、病院に残っておらず、彼女たちの魔法を見ることはできなかった。

最後の聖女が病室を出ていったのを確認すると、今日はここまでねと私も部屋を出る。

その際、患者を治療した後もずっと私に付き従っていた医師が、深々と頭を下げてきた。

「聖女フィーア様、赤い花が見えるようになるため、毎日精一杯精進いたします!!」

「え、ええ、無理はしないでね」

根を詰めそうなタイプに見えたので、ほどほどにねと返しておく。

すると、医師は笑顔で距離を詰めてきた。

「ご心配いただきありがとうございます！　明日以降も、お待ちしております!!」

「え、ええ、またね」

さすが医師ね。仕事熱心だわ。

手を振って別れたところで、廊下で待機していたカーティス団長とシリル団長から声を掛けられる。

「フィー様、お待ちしておりました！」

「フィーア、お疲れさまでした。遅くなったし、疲れたでしょう」

顔を向けると、カーティス団長は心配そうな、シリル団長は穏やかな表情を浮かべていた。

シリル団長を見たことで、特別な役目を仰《おお》せつかっていたことを思い出し、きりりとした表情を作る。

「特別任務の実施タイミングを見計らうため、聖女たちを観察していて遅くなりました。初日から全力を見せるのも何ですので、今日は手堅く皆さんの様子を見ていたところです。あ、でも、聖石の動作確認はしましたよ。サザランドの聖女たちがたくさん魔力を詰め込んでくれたので、中等症や重症の患者も治せそうです」

最終的にはこの病院にいる全ての患者を治すつもりなので、後で苦情を言われないよう予告しておく。

シリル団長はおかしそうに微笑んだ。

「ふふふ、勇ましいですね。聞きましたよ。軽症者を2人も治したうえに、他の聖女様のサポートまでしたらしいですね。フィーアの勢いがあれば、この病院にいる患者の大半を治してしまいそうです」

大半ではなく全員治します。

とは思ったものの、披露する必要がない情報のため口を噤む。

シリル団長の隣ではカーティス団長が顔をしかめていたけれど、気付かない振りをすると、視線をシリル団長に固定した。

それから、聞きたいことがあったのだわ、とシリル団長に質問する。

「シリル団長、1つお尋ねしてもいいですか」

「はい、何でしょう」

「今回の患者の中に、モーリスという名前の元騎士がいました。ご存じですか?」

シリル団長はコンマ数秒ほど動きを止めたものの、すぐに何でもない様子で笑みを浮かべると肯定した。

「ええ、知っています」

言葉少なに答えるシリル団長を見て、普段の団長らしくないわねと思いながらモーリスの話を続ける。

「10年前に、『やんごとなき身分の騎士』をかばって両脚を欠損したのだと、本人から教えてもらいました。そのやんごとなき身分の騎士は、サヴィス総長かシリル団長、もしくはデズモンド団長のことかなと思ったのですが」

シリル団長は驚いた様子で目を見張った。

「まさか、モーリスがあなたにそう言ったのですか? 彼はそのようなことを自ら話すタイプではないのに。……フィーア、あなたは彼に何をしたのですか？」

「えっ、話をしました」

それから、彼が常時悩まされていた痛みを取り去ったけど、モーリスにはおまじないと説明したことだし、シリル団長に言う必要はないわよね。

「本当に話をしただけですか？　それだけで、モーリスがあなたにそれほど個人的な話をしたのですか？」

信じられないとばかりに質問を重ねてくるシリル団長に、私はこれでもかと胸を張る。

「ふっふっふ、その話の内容が重要なのです！　私はモーリスの立派な筋肉を見て、元騎士であることを即座に見抜きましたからね!!　モーリスは私の洞察力に恐れ入ったのだと思います!!」

こんなことは、現役の騎士である私だからできることよね！

と得意気な表情を浮かべたところ、私の言葉を聞いたシリル団長は、よろりと一歩後ろによろめいた。

「……それは確かに、モーリスには衝撃だったでしょうね」

「衝撃？」

言われた意味が分からず首を傾げると、シリル団長は真顔で返してきた。

「今のフィーアは、どこから見ても神聖なる聖女様ですから。まさか清廉なる聖女様がモーリスの体を眺め回し、『その筋肉は元騎士のものだ！』と断定するとは思いもしなかったはずです。モーリスがどぎまぎして、普段にないことを口走ったとしても仕方ありません」

おやおや、シリル団長ったら、特別任務を与えるほどの腹心の部下を痴女《ちじょ》扱いですか。

「ほほほ、シリル団長、私は入団間もない新人騎士ですよ。私の言動に問題があるとすれば、それらは全て直属の上司である騎士団長のせいです！」

「何ですって？」

「もしも私が痴女だと言うのならば、それはシリル団長が行った痴女教育の賜物《たまもの》です!!」

胸を張って断言すると、シリル団長はよろよろとさらに数歩後ろに下がった。

それから、信じられないといった声を上げる。

「私がそのような教育をするはずがありません！　フィーア、あなたの言動の原因は私の教育ではなく、あなたが生まれ持った資質によるものです」

まあ、シリル団長ったら往生際が悪いわね。

この場でどれほど抵抗しても負け戦なのは確定しているのに、反論してきたわよ。

こうなったら、仕方がないわ。

「カーティス団長！」

私はいついかなる時も、必ず私の味方になってくれる元護衛騎士の名前を呼ぶ。

すると、どこまでも察しのいいカーティス団長は、即座に私に同意してきた。

「フィー様に痴女の資質などあるはずがございません！　間違いなくシリルの指導が間違っていま

す!!」

「ほほほ、シリル団長、正義の審判を聞きましたか?」

カーティス団長という心強い後ろ盾を得た私は、完全勝利を確信してシリル団長を見つめたのだった。

65　10年前1

「ぐっ、フィーア、その全てを利用してでも必要な情報を引き出そうとする手腕は見事です」

シリル団長はやっと負けを悟ったようで、悔し気に言葉を紡ぎ出した。

「ほほほ、シリル団長の教育の賜物ですよ」

所属する騎士団の団長に褒められたわよ、と思いながら謙遜《けんそん》すると、私は最初の質問に戻る。

「それで、モーリスはどなたを庇ったんですか？」

私の決して諦めない不屈の精神を目の当たりにしたシリル団長は、がくりと肩を落とした。

「……あなたは質問の答えを聞くまで諦めないんですね。その執拗《しつよう》さは称賛に値します。ですが、ここでは誰に聞かれるか分かりませんので、馬車の中で話をしましょう」

シリル団長は疲れた様子で目を瞑《つぶ》ると、至極もっともな意見を述べた。

確かに人に聞かれてはマズい話だろう。

私は大きく頷くと、シリル団長、カーティス団長と一緒に、王城に戻る馬車に乗り込んだのだった。

馬車の中でシリル団長はわざとらしいため息をつくと、少し考える様子を見せた。

それから、困ったように私を見つめてくる。

「お尋ねの件ですが、『やんごとなき身分の騎士』は私ではありません。そのため、全てをお話しすることはできません」

なるほど、シリル団長でないということは……

「モーリスが庇ったのはサヴィス総長です」

ああー、やっぱり。『やんごとなき身分の騎士』といったら相手が限られるから、サヴィス総長じゃないかと思っていたのよね。

ただ、権力を使って選定会の患者の中にモーリスをねじ込んだ、というのはどうにも総長らしくない気がする。

違和感を覚えて首を傾げていると、シリル団長が10年前の状況を説明してくれた。

「当時の総長は17歳で、騎士団総長の職位に就いたばかりでした。あの時はディタール聖国に竜を討伐に行ったのですが、……私はサザランドで両親を失った直後で、戦いに集中することができませんでした」

それは仕方がないことだわ、と咄嗟に思う。

シリル団長は10年前に両親を相次いで亡くしており、そのことが原因でサザランドの住人との間に深い確執が生じたのだ。

恐らく、シリル団長は両親のことを含めて多くのことを悩んでいたはずだ。

そうであれば、普段通りの動きができなかったとしても当然だろう。

「そのため、私は戦場で上手く立ち回ることができませんでした。サヴィス総長はそんな私をカバーしてくれたのですが、相手が凶暴な竜だったため、その牙《きば》に裂かれそうになりました。そこを、モーリスが庇ってくれたのです」

なるほど、理解したわ、と私は両手をぱちりと打ち鳴らす。

「モーリスは勇ましかったんですね！　ということは、窮地を救ってもらったことへの感謝の気持ちから、サヴィス総長はモーリスを選定会の患者にしたんですね」

シリル団長は一瞬躊躇《ちゅうちょ》した後、首を横に振った。

「……いえ、贖罪《しょくざい》なのだと思います」

「贖罪？」

確かに両足を失うのは大変なことだけれど、司令官を守ることは騎士としての職務の範疇《はんちゅう》のはずだ。

不思議に思う私に向かって、シリル団長は10年前の状況を丁寧に説明してくれた。

「負傷後、即座に治療を行えば、モーリスの足は足首の切断で済んだはずです。ですが、サヴィス総長は王太后に頼めば、切断せずに済むのではないかと考えました。一旦切断してしまえば、再接着する方法はありませんから、モーリスは負傷した状態でナーヴ王国まで戻ってきました」

なるほど。王太后は筆頭聖女だから、大きな怪我も治せるのよね。

サヴィス総長はモーリスが騎士を続けられる方法を選ぼうとしたのだわ。

シリル団長に視線をやると、感情を読まれたくないのかさっと目を伏せられる。

けれど、握りしめた手が真っ白になっていたため、感情が乱れているのを簡単に推測することができた。

シリル団長は口を開くと、苦悩する様子で続ける。

「しかし、結局、王太后がモーリスを治癒することはなく、……長期間処置をしなかったことでモーリスの怪我は悪化し、膝下で切断しなければならなかったのです」

それは悲しい出来事だった。

何も言うことができず口を噤んでいると、代わりにカーティス団長が凜《りん》とした声を出した。

「結果がどう出たとしても、それが騎士団トップの決断によるものならば、全てを受け入れるのが騎士だ。サヴィス総長が罪悪感を覚える理由はない」

カーティス団長の言葉を聞いたシリル団長は、弱々しく頷く。

「通常であれば、カーティスの言う通りです。しかし、この件の原因は、サヴィス総長が王太后の行動を読み間違えたことにあったので、どうしても割り切ることができなかったのでしょう」

シリル団長が話してくれたのは、事実の一部分だけだ。

王太后がモーリスを治さなかったことに、仕方のない理由があったのかなかったのかすら割愛されていたので、説明されなかった多くのことがあるはずだ。

無言のままでいると、シリル団長が雰囲気を変えるかのように窓の外を見た。

「どうやら王城に着いたようですね。……フィーア、私もサヴィス総長も、10年前に多くのことを間違えました。しかし、その分、自分に必要なもの、大事なものを理解することができました」

それは一体何なのかしら。

いずれにしても、王太后がモーリスを治さなかったのであれば、仕方のない理由があったとしても、聖女を恨んでしまったのじゃないかしら。

そう考えた私の気持ちが読めるはずもないだろうに、シリル団長は小さく微笑んだ。

「フィーア、私は未だに聖女様を信じているのです。特別な御力を与えられた特別なご存在だから、いつかきっと私たちを救ってくださるに違いないと」

そうだ、シリル団長はいつだって聖女を敬っているのだったわ。

「シリル団長の考えは間違っていないと思います」

「そんなことを言うのは、あなたくらいですよ」

そう言うと、シリル団長は寂しそうに微笑んだのだった。

66　筆頭聖女選定会　第一次審査（時間外）

筆頭聖女選定会が行われる間、聖女たちは王城に宿泊する。

当然のこととして、王城では食事が提供されるし、聖女は自由に晩餐室《ばんさんしつ》を使用できることになっている。

そのため、私はアナ、メロディ、ケイティの3人と連れ立って晩餐室に向かった。

一緒に夕食を摂る約束をした時に、皆が『ご当地の特産品を持ってくるわね！』と言っていたので、だったら私もと、小さな瓶をたくさん詰めた籠《かご》を手に持つ。

席に着くと、アナは早速オレンジ色の液体が入った大きな瓶をテーブルの上に置いた。

「往復する期間を含めると、結構な日数を地元から離れることになるでしょう。ホームシック対策として、地元の味を持ってきたの」

そう言うと、アナは4つのグラスにオレンジ色の液体を注《つ》いでいく。

「これはね、私が住んでいる地域特有の柑橘《かんきつ》で作ったジュースなの。これを飲むと、腸の働きがよくなるのよ」

その隣では、メロディが綺麗な缶を取り出して、ぱかりと開けた。

「私は蜂蜜《はちみつ》漬けのナッツを持ってきたわ。この蜂蜜は西部に多く棲むレアな魔物である暴虹蜂《ぼうこうほう》のものなのよ。だから、信じられないほど甘くて、一口食べるとほっぺが落ちるわよ」

ケイティは枯れた葉っぱに包まれた茶色い食べ物を、空いた皿の上に載せる。

「私は魚の燻製《くんせい》よ。私が住んでいる地域にしか棲まない魚で、この卵を食べると将来子だくさんになるらしいわよ」

最後に私も、皆の真似をして小さな瓶を3人の前に並べた。

「私は王室特製の魔力回復薬を持ってきたわ。痛みなし苦みなしの良品で、飲むと朝までに全魔力が回復するのよ」

「…………」

「…………」

「…………」

笑顔で特産品アピールをしていた3人が、突然表情を消したので、あれ、ご当地アピールを入れるべきだったかしらと反省する。

「言い忘れていたけど、この魔力回復薬には王城の庭に生えている薬草を使っているの。だから、間違いなく王城特産品と言える代物よ」

胸を張る私に、アナは気のない様子で答えた。

「……うん、それはどうでもいいわ」

えっ、どうでもいいのね。

がっかりする私には目もくれず、メロディは魔力回復薬が入った瓶を手に取ると光にかざす。

ガラス瓶に入った液体はシャンデリアの光を浴びて、きらきらと深紅に輝いた。

「魔力回復薬って透明じゃなかったかしら。それから、超激痛あり、悶絶《もんぜつ》必至の問題薬で、丸一日苦しんだあげく、やっと魔力の半分が回復するものよね」

ケイティはうんうんと頷きながらローブのポケットを探ると、小さな瓶を取り出す。

「さらに死ぬほどマズいわ。選定会に参加する以上、最善を尽くさないといけないから、魔力回復薬を飲まなきゃいけないかしら、って考えて憂鬱になっていたところよ。ほら、一応持ってきたけど、これが魔力回復薬よ。どう見ても透明よね」

確かに透明ね。

でも、赤い色が正解だから、きっとこの薬も回復薬と同じで、材料が不足しているか作り方が間違っているんだわ。

「魔力回復薬の材料には赤い実が使われるのだけど、それが入ってないのかもしれないわね」

一般に出回っている魔力回復薬は効き目が悪いし、激痛まで伴うのだから、何かが大きく間違っているのは確実だ。

私の言葉を聞いたアナは、そうねと言いながら頷いた。

「ここまで色が違うんだから、この２つの魔力回復薬の材料が異なるのは間違いないでしょうね。でも、私たちが教会で使っている透明の魔力回復薬が失敗品、ってことはさすがにないはずよ。だって、もうずっと長いこと、聖女の全員で使ってきたんだから」

アナは私が持ってきた魔力回復薬の方が失敗作だと言いたいのね。

確かに、聖女たちが常用している魔力回復薬が失敗作だなんて、普通は考えないわよね。

いえ、激痛を伴う割には効果が薄いから、ほとんど使われていないってことだったかしら。

「だったら、私が持ってきたものは滋養強壮薬と思ってちょうだい。これを飲めば元気になるわよ」

３人が受け入れられそうな言葉に言い換えると、アナ、メロディ、ケイティの３人はこわごわと赤い魔力回復薬が入った瓶を見つめた。

「……お腹が痛くなったりするのかしら？」

「ならないわ」

「ものすごく苦いんでしょうね」

「いえ、甘いフルーツの味がするわ」

「教会から持ってきた魔力回復薬との飲み合わせは大丈夫かしら？」

「……それはあまりよくないかもしれないわね。たとえば食前にこの滋養強壮薬を飲んだら、ケイティが持っている透明の魔力回復薬は、食後まで飲まない方がいいわ」

本当は私が作った魔力回復薬と他の薬を一緒に飲んでも問題はなく、副作用が出ることはないのだけど、苦くて痛みが出ると分かっている薬を飲んでほしくなかったため、適当なことを口にする。

3人には『飲むと朝までに全魔力が回復する』と説明したけど、実際にはそれほど時間は必要なく、食事をする間に全回復するはずだ。

3人がそのことに気付いたならば、不良品である魔力回復薬を飲まないで済むんじゃないかしら、と思っての発言だ。

アナたちは無言で頷くと、魔力回復薬が入った瓶をしっかりと手に持ち、ごくごくごくと一気に飲み干した。

「カッコいいわね!」

同じ一気飲みでも、騎士たちのアルコール一気飲みとは違って気品があるわ。

そう感心しながら、アナたちが持ってきてくれた特産品を摘まんでいると、侍女たちが現れて夕食を並べてくれた。

豪華な王城料理に舌鼓を打ちながら、こんなに美味しい夕食を食べられるなんて、筆頭聖女選定会は何て素晴らしいのかしらと感動していると、アナが不思議そうに自分の体を見下ろした。

どうしたのかしらと見ていると、アナは手や腕、足をしきりと振り回しながら小首を傾げている。

アナが何をしているのか尋ねるため、メロディとケイティに視線をやると、2人も同じように自分の体を見下ろして腕を振り回していた。

まあ、もしかしたら教会出身の聖女は、食事の途中で自分の体を見下ろしたり、腕を振り回したりする習慣があるのかしら。

あるいは、実際に何かを確認しているのかしら……はっ！

ぴーんと閃いた私は、３人に話しかける。

「３人とも、もしかしたら王城料理が美味しくて、食べ過ぎたことに気が付いたのかしら？」

でも、いくら食べ過ぎたとしても、そんなにすぐ体にお肉がつくことはないんじゃないかしら、と思いながら３人を代わる代わる見ると、動揺した様子の全員と目が合った。

「「「フィーア!!」」」

「えっ、どうしたの？」

「「「信じられない話だけど、魔力が回復してきた気がするわ！」」」

「ああ……」

時間的に考えて、全回復しているんじゃないかしら。

そう考えながら３人を見守っていると、アナたちは興奮した様子で言葉を発した。

「こんなことがあり得るかしら？　だって、私はこれっぽっちも痛みを感じなかったのよ！」

「美味しい夕食を食べていたら魔力が回復するなんて、そんな都合がいいことがあるわけないわよね!?」

「一晩中床をのたうち回っても、魔力は半分も回復しないはずなのに、ほとんど全部回復しているわ！　一体私の体に何が起こっているのかさっぱり分からないわ」

「私には分かるわ。これで、明日も病院の患者を治癒できるってことよ」

至極当然の答えを返すと、３人は驚愕《きょうがく》した様子で私を見つめてきた。

◇　◇　◇

ぽかんと口を開け、絶句していた3人だったけれど、すぐに全員で大きな声を出した。

「フィーア！」

「信じられないけど、あなたの魔力回復薬のおかげよね？」

「嘘でしょう!?　だって、あの赤い液体はちっとも不味《まず》くなかったのに！　もう私には、フィーアが何をやっているのか、これっぽっちも理解できないわ!!」

激痛必至の苦い魔力回復薬しか知らないアナ、メロディ、ケイティは、私が提供した薬の効果が信じられない様子だ。

３人は目を丸くしながら思い思いの感想を漏らすと、現実を受け入れがたい様子で首を横に振った。

そんなアナたちを見ながら、私はにこりと微笑む。

「薬が上手く効いたようでよかったわ！　ところで、回復魔法は使えば使うほど上達するのよ。明日は今日よりもっと多くの患者を治癒できるんじゃないかしら」

私の言葉を聞いたアナは呆然《ぼうぜん》とした様子でつぶやいた。

「フィーア、あなたにとって、この奇跡の薬の存在は大した問題ではないのね。私は一晩中でも、この驚きと感動について語れるというのに、もう話を切り替えてくるなんて」

メロディとケイティも、アナに同意して大きく頷く。

「ええ、病院でのずどん発言といい、フィーアの知識と技術と能力の高さは桁違《けたちが》いだわ！　ああー、これまでフィーアの発言のいくらかは理解できたつもりでいたけど、実際には全てが難し過ぎて、何一つ理解できていなかったのかもしれないわ」

「フィーアがすごいことは分かったけど、それでもこの魔力回復薬は信じられないわ！　痛みもなく、わずかな時間で魔力が全回復するなんてあり得ないわよ！　私たちがこれまで使ってきた魔力回復薬は何だったのかしら？」

少なくとも300年前には、魔力回復薬の正しい作り方が残っていたはずだ。

300年の間に自然環境だって変わるから、途中で材料のいくつかが入手困難になったのかもしれない。

その際、代替品の切り替えが上手くいかず、少しずつ効果が変わってしまった、というところだろうか。

ずっと不良品を使用していたのだとしたら、初めて成功品を使用した際に驚く気持ちは分かる気がする。

ありがたいことに、私には魔法の言葉があるから、何をしたって上手く誤魔化すことができるのだけど。

「ううーん、これまで当たり前のように使っていたから、王家秘伝の魔力回復薬がそんなにすごいものだったなんて、思いもしなかったわ！」

３人は素直に納得すると思ったけれど、私の言葉を聞いたメロディはどういうわけか、疑わしそうに目を細めた。

「フィーア、疑うわけではないけれど、王家って本当にそれほどすごい技術を持っているのかしら？」

「えっ」

続けて、ケイティが考えるように首を傾げる。

「聖女を統括しているのは教会よ。聖女の能力も技術も知識も、全て教会に蓄積されているわ。王家が力を持っているのは間違いないけど、聖女に関しては教会に遠く及ばないんじゃないかしら」

ケイティの言うことはもっともだったので、何とか誤魔化そうと思いついたことを口にする。

「わ、私はうかつな聖女なのよ！　王家は聖女に関してすごい技術を隠し持っているけど、極秘情報だから皆ずっと黙って隠し続けてきたの！　王家が秘匿している聖女は私しかいなかったから、選定会に参加させてもらったけど、うかつに秘密をしゃべる危険があったから、誰ともしゃべらないようにって意味を込めてベールを被せられたのよ」

あっ、咄嗟に出る言葉って、何て説得力がないのかしら。

私はしっかりしているとまでは言えないけど、うかつってタイプでもないわよね。

こんな発言じゃあ受け入れてもらえないわ、とがっかりしたけれど、どういうわけか3人は納得した様子で手を打ち鳴らす。

「ああー、そう言えば、『国王の腹心の騎士たちが、フィーアのことが皆に認知されることがないようにとベールを被ることを勧めてくれた』みたいなことを言っていたわね。確かにあなたのことをよく知っていれば、色々と心配になるわよね。なるほど、あのベールにはフィーアが皆に知られることを防ぐと同時に、よけいなことをしゃべらないよう防止する、という二重の働きがあったのね」

ん？

「控えめに言っても、フィーアはぺらぺらとしゃべり過ぎているわ。あなたが話す内容は、どれもこれまで知らなかったことばかりよ。これでも私たちは選定会に出る聖女なのよ。その私たちが知らない情報なのだから、間違いなく最重要の極秘情報で、おいそれとしゃべってはいけないもののはずだわ」

あれ、皆の発言を聞く限り、私が『うかつな聖女』だっていう出まかせを信じたのかしら？

「この魔力回復薬だって、これまで一度も世に出たことはないのだから、門外不出の極レア品よね。

うかつなことをしゃべるだけでなく、こんな代物を外に持ち出すなんてとんでもないことだわ。というか、フィーア、この薬を私たちに飲ませたのは、さすがにマズかったんじゃないの？　あなたを選定会に出したということは、王家は本気で子飼いの聖女を筆頭聖女にする気じゃないの？」

まさかそんな。

もしも私が筆頭聖女になったりしたら、カーティス団長がひっくり返るわよ。それから、シリル団長も。

というか、その場合、サヴィス総長は私と結婚しないといけなくなるんじゃないかしら。

驚くサヴィス総長や騎士団長たちの顔を見てみたい気はするけど、一瞬のお楽しみのために人生を懸ける気にはならないわね。

「いえ、ほら、前にも言ったけど、私は聖女として人前に出続けることに問題があるから、いずれ聖女としての活動は止めるし、選定会も途中で抜けるつもりなのよ」

というか、この3人は私の『うかつな聖女』という話を信じたのかしら。

ここまで人を疑うことを知らないと、心配になるわね。

「3人はずっと聖女として教会で暮らしてきたから、人を疑うことを知らないようね。純粋過ぎて心配になるわ」

思わず零《こぼ》すと、3人は顔を見合わせた。

「……いや、私たちが正に今、あなたのことが心配だって話をしていたわよね」

「というか、フィーアは私たちの心配をするよりも、まず自分のことをしっかり理解すべきじゃないかしら」

「あなたはびっくりするほど優秀な聖女だから、もう少し色々と出し惜しみすべきだわ」

……あらまあ、純粋培養の聖女たちに、私の方が色々とアドバイスをされてしまったようね。

そのことがおかしくて、私はくすりと笑ったのだった。


そして、食事が終了した後。

「こんな感じでいいかしら？」

私は壁際に設置されたサイドテーブルを眺めると、満足の声を上げた。

晩餐室内の料理は侍女がサーブしてくれるのだけど、デザートだけは壁際に置かれたサイドテーブルに並べられ、自由に選べるようになっていた。

その様子を見てぴんと閃いた私は、持ってきた魔力回復薬入りの瓶を空いた場所に並べてみたのだ。

うんうん、いいわね。これならデザートを取りに来た際に、ついでに魔力回復薬を持っていくんじゃないかしら、と満足して並べ終えた瓶を眺めていると、アナが声を掛けてきた。

「フィーア、何をしているの？」

私はテーブルの上を指し示しながら答える。

「こうやって魔力回復薬を自由に取れるようにしたら、他の聖女たちも飲んでくれるんじゃないかしらと思ったの。……あっ、メモを残しておかないと、これが何か分からないわよね！」

私は侍女にカードとペンを借りると、『魔力回復薬です。お好きに飲んでください』とカードに書く。

けれど、横から覗き込んできたアナにダメ出しをされた。

「フィーア、赤い液体を魔力回復薬と言われても、怪しさ満載だから誰も飲まないわよ！」

「うう、薄々そんな気がしていたわ」

聖女たちにとって赤色の魔力回復薬は、これまで見たことがないものだ。

そうであれば、警戒してこの薬を飲もうとは思わないかもしれない。

口をへの字にしていると、私からペンを奪い取ったアナが、新しいカードにさらさらと何かを書きつけた。

それから、得意気にカードを渡してくる。

読んでみると、『王城特製やせ薬　※これを飲めば、どれだけ王城料理を食べても太りません』と書いてあった。

「ええっ、これは完全に嘘よね！　この薬にやせる効果はないし、この世にやせ薬なんて存在しないわ！　そのことは聖女なら誰だって知っているから、これこそ怪しさ満載で誰も飲まないんじゃないかしら」

びっくりして言い返すと、アナはちっちっと指を横に振った。

「フィーア、あなたはまだ女性心理を理解していないわね！　騙されたと思って、明日の朝までこのままにしておいてちょうだい。瓶の中身は空っぽになっているから」

半信半疑だったものの、私がアナよりも女性心理を理解している自信はなかったので、戸惑いながらも頷く。

「分かったわ、結果は明日のお楽しみね！」

そう答えると、私たちは明日に備えるため、それぞれ王城に準備された部屋に戻ったのだった。

転生した大聖女は、
聖女であることをひた隠す

【挿話】騎士団長たちは赤髪の聖女の正体を推測する

「あれはフィーアじゃないのか?」

ぼそりとつぶやいたデズモンド第二騎士団長の声は、小声とはいえ近くに立つ他の騎士団長たちに聞こえるくらいのボリュームはあった。

そのため、同僚の言葉を拾った騎士団長たちは、確かにデズモンドの言う通りだなと思いながら目を細める。

そんな彼らの視線の先では、1人の聖女が慌てた様子で赤い髪をベールの中に押し込んでいた。

◇　◇　◇

その日、筆頭聖女選定会の開会式に参加するため、全ての騎士団長が王城に集まった。

普段は東に西にと散らばっている顔馴染みが一堂に会するとあって、誰もが相好《そうごう》を崩している。

たまにはこんな風に集まるのもいいな、夜は皆で宴会だ、と言い合いながら開会式会場に足を踏み入れた騎士団長たちだったが、参加する聖女を目にした途端、彼らの幾人かが動きを止めた。

偶然なのか、立ち止まった騎士団長の全員が王都在住であり、彼らは揃って1人の筆頭聖女候補から目を離すことができない様子だった。

彼らの視線の先にいるのは、1人だけ顔を隠すようにベールを被っている聖女だ。

そのため、騎士団長たちから見えるのは聖女の胸から下の部分だけで、彼女の顔をうかがい知ることはできなかったが……なぜだか王都在住の騎士団長たちは、彼女を知っている気がしたのだ。

無言で凝視する騎士団長たちの中、デズモンドがぼそりとつぶやく。

「あれはフィーアじゃないのか？」

全員が同じことを考えていたため、イーノック、クェンティン、クラリッサ、ザカリーは整列しながら頷く。

一方、シリルとカーティスは全く反応を示さなかったが、その姿は知っていながらとぼけているようにも見え、他の団長たちの『フィーアじゃないか疑惑』をさらに深めることになった。

「シリル、お前のとこの新人騎士は、今何をしている？」

デズモンドは視線を正面に定めたまま、わずかに唇だけを動かして隣に立つ騎士団長に尋ねる。

「ファビアンのことですか？　それとも、フィーアのことですか？」

やはり視線を正面に定めたまま、表情を一切変えることなく聞き返してくるシリルに、デズモンドは小声ながらもわざとらしい笑い声を上げた。

「はっはー、面白いことを言うな！　まさかこの流れで、ファビアンのことを尋ねるわけがないだろう」

「私にあなたの頭の中は見えないので、何を考えているのか分かりませんからね。ズレた回答をしないための当然の質問です」

あくまで穏やかに切り返してくるシリルに対し、デズモンドは目を眇《すが》めると、もう一度同じ質問をする。

「それで、フィーアは何をしているんだ？」

「もちろん、いつも通り騎士としての業務に就いていますよ」

シリルはにこやかに答えたものの、業務の詳細を答える気はないようだ。

「お前……オレがなぜ質問したのか分かっているだろう！　あそこにいるベールを被った聖女様がフィーアかどうかってのを、オレは聞いているんだ」

事務官が選定会の説明を始めたのをいいことに、デズモンドは少しだけ声のボリュームを上げた。

しかし、シリルを脅すには至らなかったようで、筆頭騎士団長はきっぱりと答える。

「フィーアは騎士です」

「知っているさ！　しかし、どうやらフィーアと同姓同名の者が存在しているようだからな。本日の筆頭聖女候補の中にフィーア・ルードという名前の者が交じっている」

「それはまた、奇妙な偶然ですね」

にこやかに答えるシリルは声も表情も落ち着いており、全く感情を覗かせなかった。

こうなったシリルが手強《てごわ》いことは確かで、デズモンドが求める情報を引き出すことができないだろうことは、これまでの経験から証明されていた。

そのため、デズモンドは早々に見切りをつけると、居並ぶ騎士団長たちに視線をやる。

……今回は、カーティスも役に立たない。

全ての会話が聞こえているはずなのに、我関せずとそ知らぬ振りをしている。

こうなったカーティスはシリルと同じくらい質《たち》が悪く、一切情報を漏らすことはないのだ。

ああ、関係者らしい2人が口を噤んでしまったため、真実は闇の中に葬られるのか、と騎士団長たちが肩を落とした正にその時、クェンティンがぼそりとつぶやいた。

「あれはフィーア様だ。あんな天災級のモンスターは他にいない」

「本当か？　クェンティン、お前は恐ろしいほど勘がいいからな。そのお前が言うなら間違いないのか？」

望んでいた答えがもたらされた喜びに頰を緩めるデズモンドに対して、ザカリーが面白そうに続ける。

「フィーアが天災級のモンスターだって？　ちげえねえ」

クェンティンが相手のエネルギーを見ることができるのを知らないザカリーは、面白い冗談だと受け取ったようだ。

一方のクラリッサは興味深げに目を見開く。

「確かに私たちに気付いた途端、慌てて赤い髪をベールの中に押し込むのは、フィーアちゃんらしい行動よね。まあ、本当に本人なの？」

いや、しかし、まさか。

いくら何でもそんなことはあり得ないだろう、と騎士団長の全員が常識的に考える。

何と言っても次期国王が定まる時にしか開かれない、この国で最も重要視されている筆頭聖女選定会だ。

そこに騎士であるフィーアが参加するというのは無礼が過ぎるし、非常識過ぎる。

さすがにそれはないだろう、と考えた騎士団長たちだったが……

「おいおい、神聖なる聖女様がスキップを始めたぞ」

「すげえな、あいつは。この場には国王に王弟、王太后に公爵、大主教、それから筆頭聖女候補になり得る我が国選りすぐりの聖女様たちが参集しているんだぞ。考え得る最重要人物が全員揃っているのに、あんな不格好なスキップを披露するなんて、全く緊張していないんだな」

「恐らく、何にも考えていないんだろう。だから、今がどれほど重要な場面か理解していないんだ。はあ、お気楽だな」

退出時にスキップを始めた聖女を見て、騎士団長たちは顔をしかめた。

それから、デズモンドが確信を持って断定する。

「あれはフィーアだ！」

「あー、この上なく神聖な場でスキップをする成人女性ってのは、フィーアしかいねえな」

同意するザカリーの隣で、クェンティンも大きく頷く。

「あのエネルギーの大きさはフィーア様しかいない！」

「………………」

イーノックは相変わらず無言だが、反論しないということは同意しているということだ。

彼らの話を黙って聞いていたクラリッサが、楽しそうに微笑んだ。

「ふふふ、確かにフィーアちゃんはエネルギーの塊よね。ということは、本当に本人なのかしら。ほら、スキップしているから、首にかけたネックレスが跳ねているわよ。あの色合いから考えるに、聖石で作られた世にも恐ろしいネックレスじゃないかしら？」

「は？」

「何だと!?」

「まさかそんな悪魔のアイテムをフィーアに持たせて、選定会に潜り込ませたのか!?」

クラリッサの一言でざわつき出した騎士団長たちだったが、ベールの下に隠れていた聖石のネックレスが確かに顔を出しており、そのアイテムを目の当たりにしたことで全員が頭を抱える。

「嘘だろ？　何という暴挙に出たんだ!!」

「あああ、分かっていない！　フィーアのトラブルを引き起こす体質を全然分かっていない!!　これは鬼にぴかぴかの金の棒を与えてやったようなものだぞ!!」

突然、顔を歪めて嘆き始めた騎士団長たちに、クラリッサが楽しそうに言った。

「うふふふ、フィーアちゃんったら、楽しそうな遊びを始めてしまったわね。そもそも彼女はどうして選定会に参加したのかしら。いえ、誰が何の目的でフィーアちゃんを参加させたのかしら、と言うべきかしら。あっ、もしかしたら実はサヴィス総長がフィーアちゃんに懸想《けそう》していて、お嫁さんにしたいがために筆頭聖女にしようと画策しているのかしら？」

デズモンドがぎょっとしたようにクラリッサを見る。

「クラリッサ、全く根拠のない想像を口にするのは止めろ！　お前の想像はいつだって、最悪のさらに斜め上をいく。お前の言葉通りのことが起こったら、オレたちは生涯フィーアが偽聖女であることを隠し続けなければいけないし、フィーアのやらかしを全部フォローし続けなければいけないんだぞ!!」

デズモンドの隣では、ザカリーが巨体をぶるりと震わせた。

「粉骨砕身という言葉があるが、間違いなくオレの骨は粉々になるし、筋肉もずたずたになって、体が砕けるだろうな。しかも、『偽聖女であることの隠蔽《いんぺい》』なんぞに、どうして力の限りを尽くさなければならないのか、オレ自身が納得していない状況に陥っているはずだ」

一方のクェンティンは目をキラキラと輝かせる。

「その場合、フィーア様は王城で暮らすことになるな！　いつだってフィーア様が近くにいるというのは、いい生活じゃないか!!」

好き勝手なことを口にする騎士団長たちだったが、そんな中、シリルとカーティスは一切反応を示さず、無言を貫いていた。

しかしながら、聖女たちが全員退出し、開会式がお開きとなったところで、シリルが皆に冷たい視線を送る。

「あなたたちの想像力が豊かなことは分かりました。しかし、今のところフィーアがサヴィス総長と結婚する予定はありません」

「当然だ！　オレはただでさえ1日が足りずに時間外勤務続きだというのに、あいつが妃なんぞになってみろ！　後始末が山盛りで、オレの王城住み込みライフが確定するぞ!!　そんな生活は断固拒否する!!」

デズモンドがまくしたてると、シリルは素直に同意した。

「その場合、私たちは未曽有《みぞう》の繁忙期に突入するでしょうね」

「未曽有の繁忙期！　非常に的確だな！　ああ、間違いなくオレが寝泊まりする場所は王城になるぞ!!　はーっはっは、文字通り不夜城の完成じゃないか!!」

デズモンドは引きつった笑い声を上げると、シリルに視線をやる。

「シリル、お前は絶対的に聖女様を敬いながらも、一方では、聖女様に対して複雑な感情を抱いている。恐らく、お前が何らかの画策をして、フィーアを選定会に投入したのだろう。その理由はお前の根本にかかわる話だろうから、オレがとやかく言うことはない。だが、これだけは言っておく！」

デズモンドはシリルに向き直ると、全力で言い募った。

「フィーアはコントロールできないハリケーンだ！　お前は制御できると考えているかもしれないが、絶対に無理だ!!　あいつは間違いなく、お前の想像もしていない結末を引き起こす!!　予想の範囲内で収まるはずがないんだ!!」

「……用心しておきましょう」

シリルはそう答えたけれど、デズモンドは心の中で『そんな風に悠長に構えているあたり、やっぱりお前は全然分かっていない！』と叫んだ。

フィーアはいつだって、想像の何倍も大きなトラブルを引き起こす。

常識的に考えれば、聖女様の中に騎士であるフィーアを投入しても、相手にされずに終わるだけだ。

ところが、きっとフィーアは聖女様方に相手にされるし、何なら注目されるし、気付いた時には皆の中心にいて大嵐を呼び込んでいるはずだ。

本人だけはその中心にいて無風状態だから、周りの状況に気付きもせず好き勝手を続けるだろう。

しかし、気付いた時には既に遅く、周りの者は全員吹き飛ばされているのだ。

恐怖の近未来がはっきり見えた気がして、騎士団長たちは青ざめた。

クラリッサだけは「楽しそうじゃないの」と笑みを浮かべていたが、それは彼女がトラブルをトラブルと認識しない性格ゆえだろう。

そのため、当然のこととして、クラリッサを除く王都在住の騎士団長たちは全員、『これ以上のトラブルは御免だ!!』と心から祈った。

その祈りが聞き届けられるかどうかはフィーアの常識にかかっていて――――意訳するならば、騎士団長たちの未来は絶望的であった。

【ＳＩＤＥアナ】世界は恐ろしく広かった

私はアナ。朱色の髪を持つ東部在住の聖女だ。

３歳の聖女検査で聖女と認定されて以降、ずっと教会で生活している。

全ての聖女は教会に集められた後、訓練を施され、能力を測られ、担当区域を決められる。

突出して能力が高い聖女はディタール聖国にある大聖堂に送られるけれど、そうでない聖女は地域のバランスを勘案したうえで、ナーヴ王国の様々な地域に派遣されるのだ。

私は大聖堂に送られるほどではなかったけれど、それなりに力が強い聖女として、大主教が配置される大教会に派遣された。

王国内の各地に教会があり、その全てに主教がいるのだけれど、複数の教会をまとめる形で地域ごとに大教会が設置され、そこに大主教が配置されている。

私は元々東部の生まれだったこともあり、生地の小さな教会で訓練した後、能力が認められて東部のノモ地域にある大教会に派遣された。

初めのうちは私が幼かったこともあり、ノモ大教会にいる他の聖女たちの方が私よりもずっと優れていたけれど、15歳を過ぎた頃には私が大教会で1番の聖女になっていた。

◇　◇　◇

聖女はとても大事にされる。

希少で貴重な回復魔法の使い手だから、決して損なうことがないよう、あらゆる場で丁重に扱われるのだ。

「これはダメになるな」

私が聖女になって初めての感想がそれだ。

私が生まれた家は貧しかったから、いつだって狭い部屋に全員が集まっていたし、薄い布団に身を寄せ合って寝ていた。

食事はいつだって芋ばかりで、お肉なんて滅多に食べられなかった。

お洋服だって新しいものは与えられず、いつだってお姉ちゃんのお下がりだったのに、聖女になった途端に全てが一変したのだ。

綺麗な服を着て、ふかふかの布団に1人で眠るのは心地よかったけど、こんなに何着も服はいらないし、こんなに広い部屋もベッドもいらないないと思った。

食事だってテーブルいっぱいに並べられたけれど、全てを食べられるはずもなく、残った料理はどうなるのだろうと気になった。

もしも私の家族が残った料理を食べることができたら、全員がお腹いっぱいになるし、食べたことがない大きなお肉を見ただけで、びっくりして目を丸くするはずだ。

そんなことを想像して笑った後、ふと冷静になって『これはダメになるな』と思ったのだ。

回復魔法をかけた人から多くの寄進があるから、贅沢な生活は当然のことだと他の聖女たちは言うけれど、私はどうしても馴染むことができなかった。

他の聖女たちとは異なり、私は『やっぱり違うな』と感じる心を捨てることができなかったのだ。


そんな私が18歳になった時、大主教に呼び出された。

何事かと思ったら、近々、筆頭聖女選定会が開催されるという。

そして、東部代表として、私が選出されたとのことだった。

「大聖堂から3名、地方の大教会から7名が参加する予定だ。その他、筆頭聖女推薦枠で1名の参加が見込まれている。国王推薦枠は辞退とのことだが、実際にどうなるかはギリギリまで分からない」

「筆頭聖女選定会の候補者に選ばれて光栄です。最善を尽くします」

よそ行きの表情で優等生的な答えを返したというのに、大主教は気に入らなかったようで、ぎりりと唇を噛み締めた。

「アナ、お前の言う最善とは何だ？　そんな模範回答はいらないんだよ！　いいか、これは地方教会の力を見せつける千載一遇のチャンスだ！　汚い手を使っても許すから、大聖堂の聖女よりもいい順位を取るんだ!!」

「大主教ったら、何を寝ぼけたことを言っているんですか。プリシラ聖女に勝てると思うんですか？」

まずいまずい。大主教の闘争心に火がついたわよと思いながら、至極もっともな言葉を返すと、大主教はぐぅと呻いた。

「……ナンバー1のプリシラ聖女はさすがに難しいかもしれんな。ナンバー2のダフネ聖女、もしくはナンバー3のピヴォワンヌ聖女なら、もしかしたら何とかなるかもしれない」

いや、何ともならないでしょう。

多分、大聖堂のナンバー10と地方教会のトップが同じくらいの実力なのだ。

大聖堂のトップ3なんて遥か高みの存在で、私たちが立ち向かう相手ではないだろう。

「大主教、冷静になってください。大聖堂が筆頭聖女候補を3人しか出してこないのは、万が一にも地方教会の聖女の中から、大聖堂の候補者を上回る者が出るのを防ぐためですよ。本来の実力だけを考えれば、10名のうち8名くらいまでは大聖堂から候補者を出してもいいのに、『大聖堂の聖女は地方教会の聖女より遥かに格上だ』という構図を演出するため、絶対的な実力者しか出してこないんです」

もちろん大主教はそんなことくらい分かっているはずだが、あえて口にする。

私の言葉を聞いた大主教は不快そうな表情を浮かべると、どんとテーブルを叩いた。

「それくらい分かっているさ！　だが、オレは悔しいんだよ!!　いつだって大聖堂の聖女ばかりが大きな顔をして、地方教会の聖女が馬鹿にされている現状を変えたいんだ!!」

大主教の気持ちは分かる。

私たち聖女は幼い頃に教会に引き取られたから、大主教が私たちを自分の子どものように思ってくれていて、私たち以上に私たちの処遇を気にし、怒ってくれていることは。

だけど、どうしようもない実力差というのはあるのだ……

大聖堂に呼ばれる聖女は本当に優秀で、ちょっとやそっとの訓練では覆らないくらいの実力差が私と彼女たちの間にある。けれど。

それでも、何とかならないかと願う大主教に少しは夢を見せてあげるのが、代表に選ばれた私の役目だろう。

「分かりました！　大聖堂推薦の聖女を1人でも上回ることができるよう、全力を尽くします!!」

「アナ、どんな手を使ってもいいからな！」

いや、厳正なる筆頭聖女選定会で、汚い手を使えるわけがないでしょう。

「……ギリギリのところで頑張ります」

そう答えた後、私以上に意気込む大主教と私は見つめ合い、大きく頷き合った。

けれど、実際には実力差があり過ぎるので、どうしようもないだろうな。

冷静にそう判断した私は、その後、祈りの間にこっそり入り込むと、祭壇の前に跪いた。

それから、大聖堂推薦の聖女の体調がちょっとだけ悪くなるといったトラブルが発生し、誰か1人にでも勝つことができますように、と密かに祈ったのだった。

地方教会出身の聖女である私が考え得る現実的な願いは、せいぜいそれくらいだったのに……


――選定会の場において、私は自分の言葉をもう一度思い出すことになる。

どうしようもない実力差というのはあるのだ。

ちょっとやそっとの訓練では覆らないくらいの実力差が私と彼女の間にある――と、そう。

「ふわー、世界は恐ろしく広かったわ！　まさかここまで差があるなんて……」

呆然とつぶやいてみても、次の瞬間にはさらに驚かされることになり、その聖女の限界はちっとも見えなかった。

それなのに、彼女はこれっぽっちも威張ることなく、驕《おご》ることもなく、純粋な気持ちで聖女の魔法を示してくるから……

さらには、患者を治癒した時、誰よりも嬉しそうに顔を輝かせるから……

「聖女だと認定された時の気持ちを思い出したわ。困っている人の怪我や病気を治す力を与えられたと、嬉しくて嬉しくてたまらなかった頃の気持ちを」

彼女は誰よりも優れた聖女だというのに、一番大事なものを失うことなく、まだ心の中心に持っているのだ。

ああ、私が大聖堂推薦の３人の聖女を超えられるかは分からないけど、私以外の聖女が確実に、完全に超えていくわ。

それは本当にすごいことで、実現したら驚愕すべきことだというのに、――――そんな場面ですらどうでもいいことなのだと、私はフィーアに教えられた。

「信じられないわよね！　たった数日で、これまでの価値観が覆されるなんて。彼女は聖女の強力な能力を示し、私に優れた御業を教えてくれたけれど、同時に聖女として一番大事なことも思い出させてくれたのだわ」

だから……

「フィーア、私はあなたに生涯感謝するわ！」

そして、今後もずっと立派な聖女であり続けるわ。私のことを必要としてくれる人がいる限り。

お人よしの大主教はいつだって、『聖女の訓練のためだ』と言って、寄進もできない貧しい病人をこっそり連れてくる。

しかし、教会は聖女のスケジュールを遥か先まで組んでいるから、これまでの私にできたことは、スケジュールに響かない範囲で魔法を使用することだけだった。

表面化している症状を緩和させ、苦痛を和らげるだけで、根本的な治癒には至らない対症療法。

それが私の治癒の限界だったけれど、それでも人々は『楽になった』『聖女様ありがとうございます』と涙を流して喜んでくれた。

そんな日々に満足しているはずがなく、人々から感謝されるたびに、『私がもっと優れた聖女だったら』と悔しい思いをしたけれど、もしかしたらそれらの日々を少しだけ変えられるかもしれない。

そのためにも、フィーアから聖女の魔法を学びたい。選定会の順位はどうでもいいから！

——選定会に参加した当初とは異なり、私は心からそう願ったのだった。

どうかこの出会いが、私の新たな聖女人生の始まりとなりますように。

【ＳＩＤＥクェンティン】黒竜王様の角でとっておきの剣を作る

「とうとうこの時がきたか」

オレは執務室に飾っていた黒竜王様の角の前に立つと、万感の思いでそうつぶやいた。

オレの視線の先では、流線形をした得も言われぬほど美しい角が、特別誂《あつら》えの台座の上に鎮座している。

――――黒竜王様からこの世で最も貴重な角を渡されたのは、半年前のことだ。

『フィーアを預けていくよ。僕が戻るまで、必ずその命をつないでね』

霊峰黒嶽に旅立つ黒竜王様はオレを信頼し、フィーア様を任せてくださった。

偉大なる黒竜王様のお言葉だ。

何が何でもフィーア様を守り抜くつもりだったが、何と黒竜王様はその額に生えていた角を折り、対価として与えてくれた。

『それは駄賃だよ。フィーアを守るため、あんたたちのなまくらな剣の代わりにするといい』

その時のことを思い出しながら、オレは腰に佩《は》いていた剣に触れる。

「……確かになまくらだな。黒竜王様の角に比べたら、ミスリルごときで作られた剣など大した価値はない」

オレはきっぱりと断言すると、目の前に飾ってあった大きな角を抱え上げ、第六騎士団長室へ向かったのだった。

◇　◇　◇

「どうした、クェンティン。……って、それは黒竜の角か？　ははは、とうとうオレの剣を作る気になったか！」

ザカリー第六騎士団長はオレが抱える黒竜王様の角を見ると、嬉しそうに破顔した。

何という図々しい発想だと、呆れたオレは即座に訂正する。

「オレの剣を作るついでに、余った部分でお前の剣を作ってやろうという提案だ！　黒竜王様のご意思に従って、フィーア様をお守りしたのはオレだから、オレには対価を受け取る権利があるからな！　その黒竜王様だが、霊峰黒嶽から王城に戻られて一か月が経過した。そのため、そろそろ対価を受け取ってもいい時期だろうと判断したのだ」

運がいいことに、黒竜王様からフィーア様の守護を頼まれた場面にザカリーも同席していた。

さらに、こいつもフィーア様をそれなりに守ろうとしていたから、対価を受け取ることに異論はない。

唯一気に入らないのは、先ほどの軽い発言からも分かるように、黒竜王様の角の価値を理解していないことだ。

なぜ黒竜王様の偉大さが分からない、と不満に思って睨みつけたが、ザカリーは気にする様子もなく片手を顎に当てると、納得した表情を浮かべた。

「確かに黒竜は王城に戻ってきたし、フィーアはぴんぴんしているから、依頼を達成したことになるな。しかし、別れ際の黒竜のセリフから、即座に剣を作ってもいいとお許しが出ていたのは分かっていたはずだ。それなのに、依頼を完遂するまで報酬を受け取らなかったのか？　お前はそういうところは馬鹿正直だよな」

「オレはいつだって正直だ！　さあ、剣を作りに行くぞ」

オレの言葉を聞いたザカリーは面白そうな顔をすると、椅子から立ち上がった。

「武器職人に当てはあるのか？」

「ある！」

オレの短い返答を聞いたザカリーは生真面目な表情を作ると、「視察に行ってくる」と副官に言い置いていた。

それから、オレたちは王城の門から外に出ると、街の外れに向かったのだった。

道すがら、ザカリーは先ほどの会話を蒸し返してきた。

「クェンティン、先ほどお前はフィーアを守ったと言ったが、ただあいつの周りをウロチョロしていただけじゃねえのか。実際に守った場面が発生しなかったのなら、オレとお前の対価を受け取る権利は平等だと思うぞ」

ザカリーがオレを茶化すためだけに発言していることは分かっていたが、腹立たしい気持ちを抑えられずに言い返す。

「フィーア様の周りをウロチョロしていたことがオレの働きだ！　周りに対する抑止力になっていたからな!!」

ザカリーはおかしそうな笑い声を上げた。

「ははは、なるほど！　確かにお前みたいな大男が周りにいたんじゃ、誰だってフィーアに近寄ろうとは思わねえな」

「お前も大男だろうが！」

オレはそう言い返すと、きょろきょろと辺りを見回した。

「確かこの辺りだったはずだが……あったぞ！」

王都の外れにある職人街の裏通り、寂《さび》れた工房が立ち並ぶ一角にお目当ての店はあった。

知る人ぞ知る、特殊加工を請け負う武器屋だ。

黒竜王様の角は非常に硬い。通常の武器屋であれば、角を削ることすらできやしないだろう。

そのことは分かっていたため、昔から贔屓にしている武器屋に頼むことにしたのだ。

オレは店の中に入ると、店番をしていた少年に「邪魔をする」と声を掛ける。

少年は戸惑った表情を浮かべたが、オレは気にせずカウンターの中に入り込んだ。

「お、おい、何勝手に入り込んでいるんだよ！」

少年は焦った様子でオレを制止しようとしたが、気にすることなく足を進める。

「おやっさんに会いに来ただけだ」

「い、いや、勝手に工房に通したりしたら、オレが怒られるから止めてくれ！」

オレに縋りつく少年ごと工房に入ると、おやっさんは椅子代わりの木の切り株に座り込んでぼんやりしていた。

ああ、この時期か、と思いながら声を掛けると、おやっさんは顔を上げ、オレを見て目を見開いた。

「おいおい、珍しい顔だな！　クェンティン、一体何年振りだ？　お前は本当に、必要がないと顔を見せないよな」

「おやっさんが忙しいのは分かっているから、邪魔をしようと思わなかっただけだ」

「物は言いようだな！　近くに来たからと菓子折りの１つでも持ってきたなら、オレは喜んで歓待するぞ」

それはどうかな。

おやっさんは武器のことにしか興味がないから、オレが菓子折りを持ってきたかどうかはどうでもいいはずだ。

そうではなく、武器に関する興味深い話を持っているかが、おやっさんに歓待されるかどうかの基準だろう。

そして、今日のオレは最上級の品物を持っているから、歓待されることは間違いない。

おやっさんはオレが抱えているものに興味津々の様子だったので、布を開いて黒竜王様の角を見せると、予想通り興奮した声が響いた。

「おわっ！　何だそりゃ!?　角か？　何かの角か！？？」

おやっさんはぴょんと切り株から飛び上がると、短い脚で走ってきて、オレの手から黒竜王様の角を奪い取る。

「何だこの手触りは？　こんな物質見たことないぞ！　それから、何だこの色は!?　白にも黒にも銀にも、見る角度によって変化するじゃねえか!!」

「さすがクェンティンの知り合いだな。黒竜の角に興味津々じゃねえか」

いつの間にか工房に入り込んでいたザカリーが、面白そうに茶々を入れると、おやっさんはかっと目を見開いた。

「黒竜だって？　これは我が国の守護聖獣の角だっていうのか？　クェンティン、お前、素材ほしさに守護聖獣を手に掛けたのか!?」

信じられないといった表情を浮かべながらも、黒竜王様の角に抱き着いて離れないおやっさんは、既にその角に魅せられてしまったようだ。

黒竜王様の角であれば、おやっさんが魅了されるのも当然だと納得したが、一方で、おやっさんは黒竜王様の強大さについてまだまだ分かっていないようだな、と訂正を入れる。

「寝とぼけたことを言わないでくれ！　オレごときが黒竜王様に勝てるわけがないだろう！　確かにそれは黒竜王様の角だが、ご本人から直々に受け取ったんだ。その角で剣を作ってもらいたい」

「剣だと？」

黒竜王様の角を撫で回していたおやっさんは、きらりと目を輝かせた。

そうだろうな。こんな見たこともない高級素材を加工できるとなったら、食指が動くよな。

「1本はオレ用に長剣を、もう1本はここにいるザカリー用に大剣を作ってもらいたい」

きちんとザカリーの剣までオーダーしたというのに、図々しい第六騎士団長はさらなる要望を口にする。

「それから、余った角で短剣をいくつか作ってくれ」

オレは顔をしかめた。

「ザカリー、お前は黒竜王様の角を何だと思っているんだ！」

簡単にほいほいとオーダーできるような、どこにでもある素材じゃないんだぞ。

「もちろん、この上なく貴重な素材だと思っているさ。だからこそ、あますところなく活用するのが礼儀だろう？」

「……その通りだ」

くっ、こいつにしてはいいことを言うな。

そう思ったオレはおやっさんに向き直ると、剣の細かいデザインについて打ち合わせを始めたのだった。

◇　◇　◇

オレが思うに、おやっさんは根っからの職人で挑戦者だ。

そのため、時々、これまで一度もやったことがない仕事をしたくてたまらなくなる。

それはたとえば、誰も見たことがない形の剣を作ってみたり、初めての材料で武器を作ってみたりといったことだ。

現在進行形でそんな気持ちになっていたおやっさんは、ここひと月ほど仕事にも身が入らず、毎日ぼんやりと工房で考え込んでいたらしい。

そこにオレが黒竜王様の角を持ち込んだものだから、おやっさんは蕩《とろ》けそうな表情を浮かべて、その角に夢中になった。

「任せておけ！　この角はオレが最上級の技術で加工してやる!!」

しかしながら、数日後、おやっさんはしょんぼりした様子でオレを訪ねてきた。

「クェンティン、ダメだ！　どうしたってあの角を削れない!!」

しょぼくれたおやっさんを見て、オレは心の中で頷く。

そうだろうな。何たって黒竜王様の角だからな。

おやっさんの言葉を聞いた瞬間、オレの心を占めたのは困ったなという気持ちでなく、おやっさんすら歯が立たないとはさすが黒竜王様だという誇らしさだった。

得意満面で胸を張るオレとは対照的に、おやっさんは意気消沈して肩を落とす。

その姿を見て、そうだった、剣を作れないのは大問題だと考え、オレはそのままおやっさんとともに工房に向かった。

しかし、その後、２人であれやこれやと色んな方法を試してみたが、おやっさんの言う通り、どんな道具を使っても黒竜王様の角に傷一つ付けることはできなかった。

「仕方がない。どうあっても加工できないのであれば、黒竜王様の角は見て勇気を鼓舞するための、最高の装飾品にするしかないようだな！」

翌日、従魔舎《じゅうましゃ》の前で残念な結論を出していると、離れた場所から声が響いた。

「クェンティン団長、元気がないようですがどうかしましたか？」

顔を向けると、フィーア様が心配そうにオレを見つめていた。

「フィーア様！」

オレは急いで立ち上がると、フィーア様の言葉を否定する。

「確かに少し元気がありませんでしたが、フィーア様に会えたので元気になりました！」

「そ、それはよかったです。クェンティン団長が元気をなくすなんて珍しいですね。従魔の具合でも悪いんですか？」

さすが、フィーア様だ。オレがいつだって従魔のことを気に掛けていることを理解してくれている。

しかし、今回オレを悩ませているのは従魔でなく、黒竜王様の角なのだ。

黒竜王様の角が非常に硬く、そのことに困っていると説明したところ、フィーア様は何かに思い至った表情を浮かべた。

それから、ちょっと待っていてほしいと言い置いて、どこかへ走り去っていく。

一体どうしたのだろうと思ったが、待っていろと言われたので待つだけだ。

そのままの姿勢で待っていたところ、しばらくの後、フィーア様は去った時と同じように走って戻ってきた。

はあはあと荒い息を吐きながら、ポケットから黒い石を取り出すと、オレの手の上に載せてくる。

「フィーア様、これは何ですか？」

太陽の光を受けてきらきらと輝く黒石は、一見すると魔石のようだが、重さが異なるので魔石ではないだろう。

というよりも、一見して分かるほど明らかに、魔石どころではない強大なエネルギーを秘めていたため、ぎょっとして目を見開く。

まるで先日、フィーア様から譲り受けた大当たりの聖石と同じくらい圧倒的なエネルギーじゃないか。

何だこれは!?

「それは霊峰黒嶽から持ち帰った、ザビリアのねぐらの天井部分に張り付いていた石です。私も何の石か気になって、身体強……私の全力でもって切り付けてみたんですが、傷一つ付けることができませんでした。ものすごく硬いんです」

フィーア様と言えば、入団式でサヴィス総長と引き分けたほどの剣の腕の持ち主だ。

そのフィーア様が歯が立たないほどの硬さというと……

「黒竜王様の吐く息には魔力が含まれています。この黒石が黒竜王様のねぐらの天井部分に張り付いていたのだとしたら、毎晩、黒竜王様の魔力を含んだ息を浴び続けていたはずです。そのことにより、黒石の性質が変化したのかもしれません」

なるほど、この黒石が持つエネルギーの巨大さは、黒竜王様の魔力を含んでいるがゆえなのか。

黒竜王様の生は長く、千年をゆうに超えている。

その期間ずっと魔力を浴び続けたのだとしたら、この黒石は一体どれほどの力を溜め込んでいるというのか。

判明した事実に恐れおののいていると、フィーア様も理解した様子でぽんと手を打ち鳴らした。

「なるほど、この石は毎晩ザビリアの魔力を浴び続け、硬く変化したということですね！　ええと、だとしたらクェンティン団長、この黒石をザビリアの角を加工する道具にしてみたらどうですか？　ザビリアの魔力を浴びて変化したのであれば、ザビリアの角と相性がいいはずです」

「えっ、この貴重な黒石をお借りしてもいいんですか!?」

驚いて聞き返すと、フィーア様は慌てた様子で両手を振る。

「い、いや、貸すのではなく差し上げます。あっ、返さないでください！　実際には何の使い道もないんですが、霊峰黒嶽からわざわざ持ち帰ったため、捨てるのももったいない気がして、場所を塞いでいたんです。もらってもらえるのならば助かります！」

いつものことだが、フィーア様は恐ろしく太っ腹な提案をしてくれた。

そんなに甘えていいものだろうかと思ったが、黒竜王様の角で作った剣がほしいという欲には勝てず、オレはフィーア様に向かって深く頭を下げる。

それから、黒石をしっかり手に握ると、期待を胸に工房に向かったのだった。

◇　◇　◇

工房に着くと、おやっさんは切り株に座って、しょんぼりと俯いていた。

しかしながら、フィーア様からいただいた黒石を手渡すと、ぴょんっと切り株から飛び上がり、高揚した様子でぶるぶるぶると全身を震わせる。

「お前、これは!!」

おやっさんは黒石を目の高さまで持ち上げると、先ほどまでのしょぼくれた様子はどこへやら、興奮した口調でしゃべり出した。

「クェンティン、これだ! オレがほしかったのはこれだよ!! ああ、オレの手に捕まえたぞ!!」

おやっさんはそう叫ぶと、迷う様子もなく黒竜王様の角に向き直る。

彼は素晴らしい職人で、天性の勘とこれまでの経験から、初めての素材や工具を目にした場合でも、瞬時に最善の使用方法を見出すことができる。

今回もその能力は健在のようで、おやっさんは迷う様子もなく黒石を振り上げた。

それから、まるで何度も同じ工程を繰り返してきたかのように黒石を振り下ろすと、黒竜王様の角にごんごんとぶつける形で、剣を削り出し始める。

これまでどんな道具も黒竜王様の角に傷一つ付けることができなかったというのに、黒石はいとも簡単に黒竜王様の角の形を変えていった。

不思議なことに、初めから角の中に剣が埋められていたのかと思うほど、少しずつ少しずつ完璧なる造形の剣が削り出されていく。

オレはたちまち魅せられて、おやっさんが新たな剣を生み出す様子をずっと側で見ていたのだった。

いつの間にか朝になったようで、工房にうっすらと朝日が差し込んできた。

明けそめの陽《ひ》の光が、おやっさんの手の中にある剣を輝かせる。

「……できたぞ！」

おやっさんはそう言うと、一振りの剣を差し出してきた。

オレは震える手で、おやっさんから剣を受け取る。

それは見たこともないほど美しく、しかしながら、一目見ただけで背筋が凍りつくような恐ろしい剣だった。

「とんでもない逸品を作り出したようだな！」

握った剣を間近で見つめながら、惚れ惚れとした声を出すと、おやっさんも満足した様子で頷く。

「素材がよ過ぎる！　オレはただ、素材の中に埋まっていた剣を取り出しただけだ」

「この剣を取り出せたのは、おやっさんだからだ!!」

おやっさん以外の者であれば、これほど美しい剣を作り出すことはできなかっただろう。

感謝のあまり、ありったけの金を置いていこうとしたが、おやっさんは金貨の１枚も受け取ろう

とはしなかった。

「今回は最高の経験をさせてもらった！　オレの方が感謝すべきで、金をもらおうとは思わねえよ!!」

そんなわけにいかないと抵抗すると、おやっさんは「だったら！」と勢いよく言葉を続けた。

「この黒い石をくれ！　オレはこれがほしい!!」

なるほど、それが本命だったか、としてやられた気持ちになったが、黒竜王様由来の黒石を最も有効活用できる者がいるとすれば、それはおやっさんだろう。

そうであれば、ここに残していくのが正しい道だ。

黒竜王様の剣を手に入れたオレと、黒竜王様由来の黒石を手に入れたおやっさんは、互いに大満足して別れたのだった。


「ザカリー、お前の駄賃だ！」

朝一番に第六騎士団長室を訪れて大剣を手渡すと、ザカリーは言葉を失ったかのように口を噤んだ。

彼はそのまま鞘から剣を抜くと、驚いたように目を見張る。

「軽いな！　前の剣の半分の半分の半分もないぞ。……そうか、竜は空を飛ぶために体が軽い作りになっているから、角も例外ではないというわけか。肝心の切れ味だが……」

ザカリーは執務室の中を見回すと、部屋の隅に飾ってある洒落《しゃれ》た鎧《よろい》に目を留めた。

彼は鎧の前までずんずんと歩いていくと、おもむろに剣を上から下に振り下ろす。

すると、ほとんど音を出すことなく、その鎧が真っ二つになった。

「は……っ、マジか！　これは第一騎士団長様からもらった由緒ある鎧だったのに真っ二つだぞ！　恐ろしい切れ味だな!!」

ザカリーは信じられないとばかりに頭を振った後、はっとした様子でもう一度鎧を見る。

「あ、しまった！　真っ二つにしてしまった！　シリルに怒られる!!」

それはオレの知ったことではない。

ザカリーは言い訳の材料を探すかのように部屋中に視線を巡らせたが、オレが執務机の上に置いた5本の短剣に目を留めると、考える様子で視線を固定させた。

「どうした？」

「いやあ、シリルとの約束を思い出していたところだ」

「約束？」

ザカリーはシリルとどんな約束を交わしたんだ？

「ほら、お前がシリルの前で、フィーアを守る対価として黒竜から角を譲り受けたと暴露した際、『それは賄賂《わいろ》に当たる』と糾弾されたことがあったじゃないか」

「あったな」

黒竜王様の角を受け取ることは正当な対価だと説明したが、シリルは対価なしにフィーア様を守るべきだと主張したのだ。

正論ではあったものの、黒竜王様の角がどうしてもほしかったオレは、決してシリルに同意しなかった。

「その件を不問にしてもらう代わりに、サヴィス総長用の短剣をいくつか作って渡す、とシリルに約束したんだが……『いくつか』というのは何本であるべきか悩んでいたんだ」

「何だと？」

当然5本全てをサヴィス総長へお渡しすべきだが……ザカリーめ、大剣の切れ味が想像以上によかったため、短剣までほしくなったな。

そんなオレの想像は当たっていたようで、ザカリーはすっきりした表情で頷いた。

「よし！　『いくつか』というのは3本だ!!」

ザカリーは笑顔で短剣を1本懐にしまうと、もう1本を手に取り、無言でオレに差し出してきた。

おいおい、目の前で賄賂を差し出されたぞ。

どうやらザカリーは、短剣は元々3本だったことにする気のようだ。

いくら黒竜王様の角で作られた高性能の短剣だといっても、二度と絶対に手に入ることがない貴重な短剣だといっても、王国騎士として受け取るわけには……

オレは0・2秒ほど躊躇ったが、ザカリーの男気を無視するわけにはいかないと短剣を手に取り、素早く懐にしまった。

「ザカリー、お前の気持ちはよく分かった！　この短剣でサヴィス総長の危機を救おうということだな!!」

「さすがクェンティン、よく分かっているな！　その通りだ!!」

オレはザカリーとがしりと握手を交わした。

それから、男同士の密約は守る、とザカリーに誓ったのだった。

いかに下心があったとしても、建前に沿う行動を取りさえすれば、下心を誹《そし》られることはない。

つまり――――オレはこれまで以上に全力で、サヴィス総長をお守りすればいいということだ。

そうすれば、黒竜王様の角で作られた短剣は永遠にオレのものだ!!

そのことを理解したため、オレは誇り高き王国黒竜騎士として本分を全うすることを改めて決意したのだった。

セラフィーナ、シリウスの弱点を突き止める?（300年前）

「シリウスの弱点?」

果たしてそんなものがこの世に存在するのかしら。

完全無欠のシリウスに弱点はない気がするのよね、と公爵夫人となったシャウラお姉様を前に、私は首を傾げたのだった。


――シリウス・ユリシーズ。

我がナーヴ王国の筆頭公爵で、赤盾《せきじゅん》近衛騎士団長の職位にある、国王の覚えが最もめでたい人物だ。

国王の覚えがめでたいというよりも、もしもシリウスに本気で反抗されたら、国王ですら対抗できないのじゃないかしら?

と、本気で思うくらい、シリウスは何でもできて、国内の全てを掌握していた。

「そんなシリウスの弱点ですって?」

私室のソファに座り、紅茶のカップを片手に考え込む私の前で、護衛騎士のカノープスと近衛騎士のシェアトが顔をしかめる。

それから、シェアトが我慢ならないといった様子で口を開いた。

「セラフィーナ様、ものすごく不穏な言葉をつぶやくのは止めてください！　シリウス団長の弱点を見つけてどうするつもりですか？　世の中には追及しない方がいいことがたくさんあるんですよ！」

あら、シェアトったら面白いことを言うわね。

「シェアト、私はシリウスには弱点が存在しないんじゃないかしら、と困っていたのよ。あなたの口ぶりだと、あなたはシリウスに弱点があると思っていて、さらにはそれが何か分かっているみたいね」

「あぐっ！　……し、知りませんよ!!」

シェアトは焦った様子で口を噤んだけれど、その態度を見て、彼はやはりシリウスの弱点を知っているのじゃないかしらという気持ちになる。

「怪しいわね」

じとりとシェアトを見つめると、カノープスがさりげなくシェアトの前に立ちふさがり、質問をしてきた。

「そもそもどうして突然、シリウス団長の弱点を探そうと考えたのですか？」

私はスプーンで紅茶をかき混ぜながら、ちらりとカノープスを見る。

まるで私からシェアトを隠すかのような位置に立ち、途中で言葉を差し挟んでくるなんて、カノープスらしくないわね。話を逸らそうとしたのかしら。

「先ほどまで、シャウラお姉様が王城に遊びに来ていたの。そして、私の結婚事情はどうなっているの、と誰も聞けないことをずばりと聞いてきたのよ」

「シャウラ公爵夫人であれば、皆が聞けないことでもセラフィーナ様にお尋ねになりそうですね」

幼い頃から私の護衛騎士をしているカノープスは、私の家族にも詳しいため、理解できるというように頷いた。

「お姉様が心配してくれるのは分かるけど、私の結婚事情がどうなっているかなんて、私が一番聞きたいことよね。というか、よほど気に掛けてくれているのか、お姉様はついこの間も同じようなことを聞いてきたのよ。だから、その時の話になってね」

私は先日、お姉様に同じことを尋ねられた時のことを思い出しながら言葉を続ける。

「本気で結婚したいのならば、もう少しペースを上げなさい、的なアドバイスをお姉様がしてくれたから、確かに相手を探す努力をすべきだと思ったのよ。だけど、シリウスが『時間はいくらでもあるから、焦る必要はない。相手がほしいと思ったタイミングで動けばいい』と繰り返してきたから、いつの間にかお姉様の言葉を忘れて、放っておいてしまったの」

全てを説明し終わった私は、シリウスに流されてしまった過去を思って顔をしかめた。

今思えば、シリウスはきっと自分を基準にして話をしていたのだ。

シリウス自身は全く相手にしていないものの、彼のもとにはとんでもない数の釣書が送られてきていると聞いたことがある。

そんなモテモテのシリウスと、未だ縁談が1つもこない私を一緒にすること自体が間違っていたのだ。

「それで、セラフィーナ様の結婚話から、どうしてシリウス団長の弱点の話になるのですか？」

不思議そうに尋ねてくるカノープスに、私はいい質問だわとぱちりと手を打ち鳴らす。

「そこなのよね！　前回尋ねられた時と同様、今現在も私に求婚者は1人も現れていないし、結婚なんて遠い世界の話だと答えたら、お姉様は少し考えられてね。それから、『だったら、シリウス様の弱点を探してみなさい』と言われたの」

「ああ……」

なぜだかカノープスは理解した様子で目を瞑ったので、どうしたのかしらと思いながら話を続けた。

「正直に言って、私の結婚話とシリウスの弱点がどうつながるのか分からないけれど、お姉様は関連があると思っているみたいで、『それを探すことができれば、教会で祝福の鐘が鳴るわ』と微笑まれたのよ。どういうことかしらね？」

首を傾げる私の前で、カノープスとシェアトは苦悶に満ちた声を上げる。

「ぐうっ、シャウラ公爵夫人は本気だということですね」

「何てことだ!」

2人の反応から、彼らは何か事情を知っているんじゃないかしらという疑いが頭をもたげたため、尋ねたことには何だって答えてくれる護衛騎士に質問した。

「カノープスは何か知っているの?」

私の護衛騎士は少し躊躇した後、気が進まない様子で言葉を紡ぐ。

「……少し前の話になりますが、セラフィーナ様が突発的にサザランドを訪れ、多くの者を助けられたことがありましたよね。おかげで、私たちサザランドの者は皆救われましたが、一方で、元々予定されていた大聖女様の公務に対応する者が必要になりました」

「そのことは聞いているわ。バルビゼ公領の青竜討伐に対応するため、私の代わりにバルビゼ公爵夫人であるシャウラお姉様が聖女役を担い、予定外なことにシリウスが自ら公爵領に乗り込んだのよね」

私が思いつきで行動したことで、お姉様とシリウスに迷惑をかけてしまったのだわ、と申し訳ない気持ちで眉尻を下げる。

そんな私に対して、カノープスは淡々と説明を続けた。

「率直に申し上げまして、公爵夫人の聖女としての能力はセラフィーナ様ほどではありませんので、シリウス団長は戦力を補強することで、セラフィーナ様不在の穴を埋めたのです。そのことを公爵夫人は理解しておられたため、シリウス団長に感謝され、恩を返そうと考えられたようです」

カノープスの話は納得できるものだったため、お姉様らしいわと頷く。

「何事にも義理堅いお姉様のことだから、シリウスにお返しをしようと考えたわけね。ところで、どうしてそれが私の結婚話につながるのかしら？」

「それは……」

言いにくそうに言葉に詰まるカノープスを見てぴんとくる。

「はっ、もしかしてシリウスは、いつまで経っても結婚しない私の面倒を見ることが嫌になったのかしら!?　だから、私を嫁に出すことでシリウスの悩みをなくそうと、お姉様は画策しているのかしら」

私の言葉を聞いたカノープスは一歩前に踏み出してくると、必死な様子で否定した。

「誤解です！　そんなことは決してありません!!」

それまで黙っていたシェアトも、焦った様子で言い募る。

「カノープスの言う通りです！　シリウス団長がセラフィーナ様を邪魔に思うことなど、天地がひっくり返ってもあり得ません!!　き、きききっと、シャウラ公爵夫人が読み間違えたのです!!」

「そうなの？　お姉様が相手の感情を読み間違えることは滅多にないのだけど……。それはそれとして、シリウスの弱点が何なのかは気になるところよね。先ほどのシェアトの発言からも、シリウスに何か弱点があるようだから、ここら辺で探ってみるのも一興《いっきょう》ね」

「セ、セラフィーナ様、本気で止めてください！　一興と言われましたが、オレは面白さも楽しさも一切感じませんから!!」

シェアトがぎょっとした様子で懇願してきたので、私はこの国の頂点から教えられた人心掌握術を披露する。

「この間、お父様が言っていたわ。『情報を制した者が全てを制す』って。だから、シリウスの弱みを握ったら、私は彼を脅し放題よ。完璧なる人心掌握術だわ」

「セラフィーナ様、国王はそのような意味で言ったのではないはずです！　よしんばシリウス団長の弱みを握ったとして、それを盾に脅そうだなんて愚の骨頂です！　シリウス団長に何かすれば、10倍になって返ってくることに、そろそろ気付いてください!!」

シェアトに続いて、カノープスまで私の決意を変えさせようと言い募ってくる。

「崇高なる大聖女にして第二王女殿下が、他人の弱みを握って脅したりするものではありません！　それに、人心掌握術とは、そのように後ろ暗い手法をとるものでは決してありませんから!!」

必死な2人には申し訳ないけれど、私はすごくいいことを思い付いたつもりになっていたので、ぐっとこぶしを握った。

「あなたたちの大聖女は大人になったのよ。そもそも、これまでシリウスから10倍の報復を受けていたのは、私が幼かったからだわ。だけど、私も16歳になったのだから、そろそろシリウスと渡り合えるようになったはずよ」

「無理です、無理です、無理です!!」

「セラフィーナ様に向かって言う言葉ではありませんが、シリウス団長は化け物ですから、渡り合えるようになるはずがありません！　なったとしたら、逆にセラフィーナ様に問題が発生したということです!!」

「あらまあ、どうしたって意見が分かれてしまうようね。だけど、どちらの言い分が正しいのかは、結果が証明してくれるはずよ。見ていなさい」

私は自信満々に2人に告げると、ぱちりとウィンクをしてみせた。

そんな私を見て、カノープスとシェアトは絶望的な表情を浮かべたのだった。

◇　◇　◇

「シリウス、明日一緒に出掛けない？」

シリウスの執務室を訪れ、笑顔で誘いかけると、疑うような表情を浮かべられた。

「……お前は明日1日、魔法付与の訓練をすると言っていなかったか？」

言っていたわね。シリウスったら、よく覚えていること。

「気が変わったの。だから、一緒にお出掛けしない？」

「…………」

笑顔のまま重ねて誘いかけると、シリウスは考え込むかのように押し黙ったけれど、すぐに気を取り直した様子で頭を振る。

「いいだろう、お前の奇天烈《きてれつ》で非論理的な考えを理解できるはずもないのだから、お前の出した結論についてのみ考慮することにしよう。『明日、オレとお前で街に行く』か。……了解した」

「嬉しい！　ありがとう、シリウス、楽しみだわ！」

作戦は作戦として、シリウスと一緒に出掛けることに純粋に喜びを覚え、笑顔でお礼を言う。

すると、シリウスは目を眇めながら頷いた。

「ああ」

よし、約束を取り付けたわよ、とご機嫌になった私は意気揚々と自室に戻る。

それから、明日のお出掛けについて、詳細な計画をじっくり練ったのだった。


「さあ、行くわよ！」

翌朝、シリウスを笑顔で振り返った私の髪は銀色だった。いつもの外出用の変装だ。

一方のシリウスは、私服に着替えたこと以外は普段通りの見た目をしていた。

いつも思うことだけれど、シリウスは自分が王国の勇者だという認識が薄いのじゃないかしら。

本人曰《いわ》く、『国民が認識しているのは騎士としてのオレだから、騎士服を脱げば誰にも認識されない』とのことだけど、絶対にそんなことはないはずだ。

まあ、いいわ。人々から多くの視線を集めて、読みが甘かったと後悔するのはシリウスなのだから。

さて、本日、シリウスと一緒に出掛けるのは、彼の弱点を探るためだ。

王城ではシリウスが長年かけて、自分の不得手なものを排除しているはずで、彼の前には嫌いなものや苦手なものが出ない仕組みになっているのではないかしら、と思ったからだ。

そうであれば市井に出て、これまでやったことがないような体験をいくつもすれば、その中に1つくらいシリウスの苦手なものが出てくるに違いない。

そう期待して、シリウスと一緒に色々なお店を回ったけれど、彼は特段何事かを忌避《きひ》する様子はなかったし、不快そうに表情を歪めることもなかった。

それならば、と普段は食べないような外国料理を提供するお店でランチを摂ったけれど、シリウスは1つも残すことなく綺麗に平らげた。

全然弱点が見つからないわ、と不満に思ってシリウスを見つめると、不思議そうに尋ねられる。

「セラフィーナ、オレばかり見つめているが、どうした？」

「……綺麗な食べ方だなと思って」

慌てて誤魔化すための言葉を口にすると、ふっと笑われる。

「第二王女であるお前のマナーには敵わないさ」

シリウスったら、全く思ってもいないことを言っちゃって。

この余裕がある態度から判断するに、どうやらまだ彼の弱点には出合えていないようだ。

そう考えた私は、午後からはより気合を入れて彼の弱点を探そう、と心に誓ったのだった。


その誓い通り、食後もこれまで回ったことがないお店を中心に覗いていたところ、とある商品に目が釘付けになった。

「まあ、シリウス、魔法のやせ薬ですって!」

興奮してシリウスに話しかけると、あっさり返される。

「そんな便利なものは存在しない。聡明なる大聖女が簡単に騙されるものではない」

私はシリウスを説得しようと言葉を重ねる。

「騙されるかどうかは、使用してみない限り分からないわ。もしかしてたまたま、偶然、成功した本物の薬かもしれないじゃない。そして、製法が確立されていないから、あれだけが成功品なのかもしれないわ。私は本物のやせ薬を手に入れる、千載一遇のチャンスを前にしているかもしれないのよ」

「……お前の想像力が豊かだということは分かった」

シリウスは2本のやせ薬を買うと、毒見のつもりなのか、先に1本飲んでしまう。

「まあ、シリウス! 知っているだろうけど、もしも毒を口にしたとしても、私の体は自動で解毒するから大丈夫なのに」

「お前が毒を口にするかもしれないと分かっていて、オレが見逃すはずがないだろう。……問題ない、不必要に甘いだけのただのシロップだ。やせ薬というか……これだけ甘いと、逆に太りそうだな」

シリウスの言葉を聞いた私は、絶望的な声を上げた。

「あああ、こういう薬は効くかどうかわくわくしながら試す時間が一番楽しいのに……。早々に種明かしをするのは止めてちょうだい！」

次に気になったのは、チーズがインされた揚げ料理だ。

「シリウス、新商品ですって！　何でも外国から入ってきた料理で、お肉の代わりにチーズが使ってあるんですってよ。その名も何と『揚げチーズ』ですって！」

お店に貼られた説明書きをシリウスのために読んであげると、興味がない様子で返される。

「そのままの商品名だな」

何とかシリウスに食べる気になってもらおうと、彼がその気になるような言葉を選ぶ。

「ほら、騎士団には日々、若い騎士が入ってくるでしょう？　新人騎士との会話を充実させるために、若者向けの話題を仕入れることは大切だわ。ここは、新商品を食べてみるべきじゃないかしら」

「……なるほど」

シリウスは全く感銘を受けない様子ながらも、揚げチーズを1つ購入した。

「えっ、1つしか買わないの？　あの、その、シリウスが1人で食べるのが嫌だったら、私も一緒に付き合おうかな、と思っていたのだけど」

あんなに美味しそうで、面白そうなものを食べないなんて選択肢はないわよね。シリウスったら、もう1個買ってくれないかしら。

「だったら、まずはお前が食べてみろ」

そう言って、シリウスが揚げチーズを目の前に突き出してきたので、「あっ、そうよね。今度は私が毒見をする番ね」といそいそとかぶりつく。

「んんん、んー？」

小麦粉を揚げて作られた料理のため、外側はさくりと噛み切れたのだけど、中に入っていたチーズがびっくりするほど伸びて切れそうになかったため、私は目を丸くした。

「ひりうす、ひーずがひれないわ」

シリウスが手に持った揚げチーズと私の口の間に、チーズがみょーんと伸びている状態になったため、困って彼を見上げる。

すると、シリウスは呆れた様子で目を見開いたけれど、次の瞬間、体を屈《かが》めてきた。

それから、彼が手に持っていた揚げチーズにがぶりと嚙みつくと、そのまま勢いよくぐいっと嚙み切る。

シリウスと私の間に伸びていたチーズはぷつりと切れて、彼の口の中に吸い込まれていった。

「まあ、すごい！　魔法みたいだわ」

シリウスの鮮やかさに見惚れていると、彼は呆れたように手を伸ばしてきて、私の口元を拭《ぬぐ》った。

どうやらチーズの全てを口の中に収めたシリウスとは違って、私は口元にチーズが付いてしまったようだ。

「オレの魔法使いはお前だろう？」

「えっ、ああ、ええ、そうね」

シリウス専属の聖女という意味では、その通りだわと思いながら頷く。

それにしても何というか……

「シリウスはやっぱり完全無欠ね！　何をやらせてもカッコいいし、様になるわ!!」

「ふっ、新商品を食べる姿を見ただけでそこまで分かるとは、お前はすごいな」

「いえ、私の言葉は今だけの話でなく、これまでずっとシリウスを見続けてきた総括としての話で……」

言いかけた言葉がふと止まる。

あら、待って。つまりそういうことじゃないかしら。

「どうした？」

「いいえ、その……実のところ今日1日、シリウスに弱点はないのかとずっと探していたの」

思い切って白状すると、呆れた様子でため息をつかれた。

「なるほど。お前が誘ってきた時から、何かを企んでいるようだとは思っていたが、実にくだらないことを探っていたな」

まあ、お言葉ね、と思ったけれど、反論せずに説明を続ける。

「けれど、シリウスの弱点は1つも見つからなかったから、諦めかけたところでふと気付いたの。私は10年もの間ずっとシリウスと一緒にいたのに、あなたの弱点を見つけることができなかったのだから、それが答えだって。10年かけても見つけられないのだから、あなたに弱点はないのよ」

シリウスはおかしそうに口の端を上げた。

「お前が1日かけて導き出した答えだ。『その通りだ』と言いたいところだが、もちろんオレにも弱点はある」

「えっ！」

何ということかしら。私の結論に反して、シリウスがあっさり弱点の存在を認めたわよ。

ということは、シリウスには本当に弱点があるのかしら。

もしかしたら私は1日かけてシリウスを探ろうとしないで、初めから彼に尋ねればよかったのかしら。

「シ、シリウス、あなたの弱点は一体何かしら？」

思い切って尋ねてみると、シリウスから逆に問い返される。

「その前に1つ質問だ。なぜ急にそんなことが知りたくなった？」

シリウスに弱点を教えてもらおうという下心から、私は尋ねられたことに正直に答える。

「それが、昨日シャウラお姉様が遊びに来たのだけど、私の結婚の話になったの。私への縁談は1つもないから、結婚は絶望的だと答えたら、『シリウス様の弱点を探してみなさい。それを探すことができれば、教会で祝福の鐘が鳴るわ』と言われたのよ」

シリウスは苦虫を嚙み潰したような顔をした。

「……余計なことを」

「え、何ですって？」

「いや、公爵夫人は相変わらずだな、と言っただけだ」

ええ、相変わらずお姉様は元気だったわと思いながら頷く。

「それで、お姉様はなぜそんなことを言ったのかしらと考えていたら、以前、シリウスがバルビゼ公領の青竜を討伐してくれたことへの恩返しだろう、とカノープスたちが言うのよ」

「『情けは人の為《ため》ならず』と言うが、トラブルになって戻ってくるのはどういうことだ？」

シリウスが憮然《ぶぜん》としていたので、私はまあまあと彼をなだめる。

「シリウスは大事な1日を潰されたから、残念な気持ちになっているのかもしれないけど、私はすごく楽しかったわ！　ほら、シリウス近衛騎士団長が仕える大聖女様がリフレッシュできたのだから、今日は充実した1日だったと考えることにしない？」

「……非常に健康的な考えだな。大聖女様がそうであれば、一緒にいた近衛騎士団長もリフレッシュしたはずだから、今日という日に満足すべきだな」

まあ、シリウスもリフレッシュしたというのはさすがにリップサービスよね、と思ったところで、ふと先ほどの彼の行動を思い出す。

「ところで、シリウスは全く気にしていないようだけど……」

「どうした?」

全く気付かない様子で尋ねてくるシリウスに、いたずら心が刺激された私は、わざとらしい上目遣いで彼を見つめると、ぱちぱちと瞬《まばた》きを繰り返した。

「さっき、私が食べていた揚げチーズに、あなたがかぶりついたでしょう? 世間ではあの行為を、『間接キス』と言うらしいわよ」

リップという単語から連想し、思い出したことを口にすると、シリウスは驚いた様子で問い返してきた。

「何だって?」

いつになく驚いた様子を見せるシリウスをからかいたい気持ちになり、私は通常であれば口にしないことを提案する。

「ある人が唇を付けた箇所に、別の人が唇を付ける行為を、『間接キス』と言うんですって。ふふ、通常は恋人同士のための行為らしいけど、私に恋人ができるのはいつのことか分からないわよね。だから、『間接キス』も済ませたことだし、疑似的にあなたを恋人だと思うのはどうかしら？」

「…………………」

珍しくじっくりと黙り込んだシリウスに、私は楽しいクイズを提供した。

「問題よ、シリウス。今の私はあなたと同じ銀色の髪をしているけど、腕を組んで歩いたら兄妹《きょうだい》に見えるかしら、それとも恋人に見えるかしら？」

「……何だって？」

シリウスの弱々しい声を聞いて、まあ、シリウスは先ほどから問い返すことしかしていないわ、とおかしくなる。

もしかしたら完全無欠の騎士団長の弱点は、色恋なのかしら!?

よし、もう少し探ってみよう。

「この賭《か》けに私が勝ったら、あなたの弱点を教えてちょうだい！　さあ、私たちは兄妹に見えるのか、恋人に見えるのか、あなたから選択していいわよ」

「…………………恋人だ」

「じゃあ、私は兄妹ね！」

挑むようにシリウスを見上げると、彼は無言で手を伸ばしてきて、ぎゅっと私の手を握った。

「シリウス？」

「オレはオレが賭けた方が勝つよう、行動すべきだろう？」

なるほど、シリウスは私たちが恋人に見える方に賭けたから、恋人関係に見えるように振る舞うということね。

「シリウスったら抜け目がないわね!」

というか、こんな風に躊躇なく私の手を握ってくるあたり、シリウスが色恋に弱いと思ったのは、私の勘違いだったようね。

いいえ、もしかしたら手を握られたくらいで色恋に強いと判断する私が、初心者なのかもしれないけど。

どちらにしても賭けに勝とうと、即座に恋人関係を演じてくるシリウスはすごいわ。

そう感心してきらきらとした目で見つめると、シリウスは心の底からといったため息をついた。

「セラフィーナ、冗談だろう? まさかお前はこんな言葉ですら信じるのか」

シリウスは顔を背けると、ぼそぼそと低い声で恨み言をつぶやく。

「……分かっていた。シャウラ公爵夫人が一度こうだと決めたことは、トラブルにならないと終わらないことは分かっていた! はあ、今後、バルビゼ公爵家にかかわる時は気を付けることにしよう」

シリウスの働きでお姉様の領地が救われたことは事実だったので、彼の最後の言葉が聞こえた私は、それでは困ると慌てて物申す。

「えっ! バルビゼ公爵家は大事なお姉様の嫁ぎ先なの。今後も見放さないでもらえるとありがたいわ」

シリウスは私の表情をまじまじと確認した後、険しかった表情を緩めて、ふっと小さく微笑んだ。

「そうか。……可愛らしい恋人の頼みであれば、善処しよう」

まあ、シリウスったら恋人の演技がお上手ね。

そう思った私は、負けていられないわ、と彼に微笑み返す。

「私の恋人が優しい人で嬉しいわ」

そんな私を見て、シリウスは「鈍感過ぎるのも問題だな」と大きなため息をついたのだった。

◇　◇　◇

その後、しばらく街を回ってから、私たちはお城に戻った。

その際、シリウスと私は手をつないでいたのだけれど、近衛騎士たちがぽかんと口を開けて私たちを見つめてきたので、さあ、答え合わせの時間よとドキドキしながら質問する。

「騎士たちに質問よ！　私たちはどんな関係に見えるかしら？」

騎士たちはごくりと唾を飲み込むと、全員で声を合わせて答えた。

「「「大聖女様と最強騎士です！！！」」」

――なるほど。第三の選択肢が現れてしまったようね。

騎士たちの答えを聞いた私は衝撃でぐらりとよろけたけれど、シリウスにしっかりと支えられる。

あら、シリウスが私を抱きしめるような形になってしまったわ。

この体勢ならば、私たちはどんな関係に見えるかしら？

と、もう一度近衛騎士たちを見つめると、彼らは先ほどと同じように全員で声を合わせて答えた。

「「「大聖女様と最強騎士です！！」」」

「……なるほど。これでもダメなのね」

――――こうしてシリウスと私の賭けは、『2人ともハズれる』という、想定外の結果に終わったのだった。


さて、賭けに勝てなかった私は、当然のことながら、シリウスから彼の弱点を聞き出すことができなかった。

仕方がないので、私は自分自身に言い聞かせる。

「いいわ、こういうのは自分で見つけてこそ楽しいものだからね！」

決して負け惜しみではない。ええ、決して。

そんな私は、翌日以降、再びシリウスの弱点を探すために彼の周りをウロチョロすることになるのだけれど……なぜだか私が調査をしている時はいつだってシリウスの機嫌がいい、という不思議な現象が起こるのだった。

あとがき

本巻をお手に取っていただきありがとうございます！

おかげさまで、本シリーズもとうとう10巻目になりました。2桁巻、本当にすごいことです!!

ノベルが10冊出る間にコミカライズも10巻まで発売され、さらにはノベルのスピンオフ「転生した大聖女は、聖女であることをひた隠すＺＥＲＯ」が4巻まで、そのコミカライズが1巻発売されました。全部合わせて25冊！　とんでもないことですね。

当然のことですが、第1巻を発売した時にはこんな広がりを見せるとは思っておらず、非常にありがたく嬉しく思っています。

今後も面白いと思ってもらえるよう精進していきますので、どうぞよろしくお付き合いください。


さて、10巻ではとうとう筆頭聖女選定会に突入しました。

そのせいなのか、今巻はこれまでになく女子率が高くなっています。

プリシラ、ローズ、イアサント王太后に加えて、アナ、メロディ、ケイティの３人も登場しました。

今までフィーアは女子たちとわいわいすることはなかったので、どんな感じになるのかなと思っていましたが、意外と楽しんでいますね。

そんな楽しそうなフィーアたちのイラストを、今回もchibiさんが素敵に描いてくれました。カバーも最高にカッコいいです。chibiさん、今回も素晴らしいイラストをありがとうございます!!

10巻まで発刊されておめでたいということで、出版社が大型タペストリーを作製してくれました。抽選でプレゼントの予定ですので、ぜひご参加ください。

←プレゼント企画詳細はこちら

https://www.es-novel.jp/special/daiseijo/

それから、カバー袖にも書きましたが、何と「このライトノベルがすごい！２０２４」の単行本・ノベルズ部門で、大聖女本編が2位、大聖女ＺＥＲＯが21位にランクインしました！　これもひとえに読者の皆さまのおかげです。本当にありがとうございます!!

ちなみに、私は別レーベルで『悪役令嬢は溺愛ルートに入りました!?』という小説を書いていまして、こちらも同ランキングで3位を獲得しています。ほんっとうにすごいことですね。

ちょっとご紹介させていただきますと、『悪役令嬢は溺愛ルートに入りました!?』は、乙女ゲームの悪役令嬢に転生した主人公が、『世界でただ一人の魔法使い』として、恋に魔法にと頑張る話です。このラノで3位を取った作品ですので、面白さは折り紙付きです（自分で言ってみた）。コミカライズもしていますので、ぜひ読んでみてください！


最後になりましたが、ここまで読んでいただきありがとうございます。

本作品が形になることにご尽力いただいた皆さま、どうもありがとうございます。

おかげさまで、多くの方に読んでいただきたいと思える素晴らしい1冊になりました。どうか楽しんでいただけますように！

メイドなら当然です。
万能メイドさんの
異世界紀行
濡れ衣を着せられた万能メイドさんは旅に出ることにしました
三上康明
Illustration
キンタ

戦国小町苦労譚
転生した大聖女は、
聖女であることをひた隠す
領民0人スタートの
辺境領主様
ヘルモード
〜やり込み好きのゲーマーは
廃設定の異世界で無双する〜
二度転生した少年は
Sランク冒険者として平穏に過ごす
〜前世が賢者で英雄だったボクは
来世では地味に生きる〜
俺は全てを【パリイ】する
〜逆勘違いの世界最強は
冒険者になりたい〜
反逆のソウルイーター
〜弱者は不要といわれて
剣聖(父)に追放されました〜
毎月15日刊行!!
最新情報は
こちら

EARTH STAR NOVEL

転生した大聖女は、聖女であることをひた隠す 10

発行 ―――― 2024年6月14日 初版第1刷発行

著者 ―――― 十夜

イラストレーター ―――― chibi

装丁デザイン ―――― 関善之＋村田慧太朗（VOLARE inc.）

発行者 ―――― 幕内和博

編集 ―――― 今井辰実

発行所 ―――― 株式会社アース・スター エンターテイメント
〒141-0021 東京都品川区上大崎3-1-1
目黒セントラルスクエア 7F
TEL：03-5561-7630
FAX：03-5561-7632

印刷・製本 ―――― 図書印刷株式会社

ISBN 978-4-8030-1961-2